Lorenzo Licalzi

Il privilegio di essere un guru

Fazi Editore

A Immanuel e Selvaggia

«Ciao», disse mentendo.
ROBERT MAXWELL

I

Mi chiamo Andrea Zanardi e sono nato lo stesso giorno mese anno di Tom Cruise. Le differenze tra di noi sono sostanzialmente tre, trascurabili: lui vive a Los Angeles io a Genova, lui fa l'attore io l'infermiere, lui ha sposato Nicole Kidman e io no, ed è questa l'unica cosa che gli invidio, per il resto piacciamo alle donne tanto uguale... be', insomma, quasi, ma solo perché lui è Tom Cruise, se fosse un infermiere come me non ci sarebbe partita, e se per caso Nicole Kidman fosse nata a Genova e lavorasse al «San Martino», come ausiliaria, poniamo, tra me e lui avrebbe scelto me, matematico.

Nicole Kidman è un archetipo, l'archetipo della donna lunare e io ho un debole per gli archetipi, infatti mi piace anche l'altro, quello della donna solare, formosa, tutta curve, e con un seno esplosivo. In ogni caso sono convinto che Nicole prima o poi sarà mia, ora che Tom l'ha lasciata. Se viene a Genova il modo di conoscerla lo trovo di sicuro, e poi tempo al tempo. Quella donna ha un segreto che non ha ancora scoperto nessuno, nemmeno Tom, nemmeno lei, forse, e io lo scoprirò, un giorno. Scherzo, naturalmente, è impossibile che Nicole Kidman venga a Genova.

Non vorrei passare per un presuntuoso ma esercito un certo fascino sulle donne. Eppure non sono poi tutta questa bellezza, sono passabile, diciamo, intrigante, forse, ma niente di più. L'esperienza, d'accordo, la tecnica sopraffina che ho perfezionato negli anni, ma anche l'esperienza non basta a giustificare l'interesse che spesso suscito nelle donne. All'inizio magari no, mi serve qualche ora, talvolta qualche giorno, raramente addirittura qualche settimana di duro lavoro, ma poi lo sento che in loro scatta qualcosa, che incominciano a guardarmi con occhi diversi.

I transessuali s'innamorano tutti di me, esercito su di loro un fascino imbarazzante (per me, soprattutto), perché io sono un uomo vero, e nessuno meglio dei transessuali sa riconoscere gli uomini veri; ma io non raccolgo, ringrazio gentile, ma non raccolgo: io sono un uomo vero e agli uomini veri piacciono le donne vere.

Di una donna a me interessano soprattutto tre cose: la conquista, il mistero e la sensualità, purtroppo due volte su tre mi devo accontentare della conquista; oddio, donne sensuali in giro se ne vedono abbastanza, soprattutto se sai apprezzare anche una sensualità ruspante... o segreta, ma a Genova non è che ci siano tutte queste creature misteriose, al massimo non ti dicono che lavoro fanno perché si vergognano (come una che faceva la criptica, diceva che il suo lavoro la portava a vivere sul confine tra il pubblico e privato degli uomini, e io chissà che mi credevo, e poi l'ho beccata che stava attenta ai cessi dell'autogrill).

La bellezza è importante, ovviamente, ma non è fondamentale per me, ciò che conta è il fascino, anche di quelle che credono di non averlo. Ci sono donne dotate di fascino inconsapevole che sono irresistibili, altre, magari non belle, che lo hanno represso, ma sono pronte a liberarlo, se solo le si sa prendere per il verso giusto. D'altra parte le donne brutte sul sesso non temono confronti, sono mine vaganti della passione, hanno una sessualità esplosiva, basta trovare la miccia e riuscire ad accenderla. Per farlo occorre farle sentire bellissime, desiderabili, ambite. Loro all'inizio non cedono, esitano, pensano che siano soltanto complimenti, per di più fuori luogo. Ma poi si convincono, si sentono belle almeno ai miei occhi, diventano le donne che hanno sempre sognato di essere, sciolgono i movimenti goffi che una natura ingenerosa le ha costrette a controllare e diventano fluide come non sono mai state. E allora, se non stai attento, ti distruggono col sesso.

Alle belle invece bisogna trovare qualche lieve difetto. Bisogna capire in fretta il loro punto debole e rimarcarlo con le dovute cautele. Allora rimangono spiazzate, il loro narcisismo esaltato si sente ferito e fanno il possibile per dimostrare a loro stesse (e a me) che nonostante quel punto debole sono le donne che sono. E allora, se non stai attento, ti distruggono col sesso.

Per strada mi giro a guardare le donne, non tutte le donne, ma quelle che vale la pena guardare, se sono in macchina le osservo con attenzione nello specchietto retrovisore finché non spariscono dal mio campo visivo, o finché non tampono. Quello di girarmi è un riflesso incondizionato che non so trattenere, cerco di farlo in modo discreto ma mi devo girare perché, come dice mio padre, che ha settant'anni e non ha mai smesso di tradire mia madre: *ogni uomo è cacciatore, magari non spara, ma la mira la prende lo stesso*, e io ogni volta prendo la mira, solo che poi sparo anche.

Quando fermo una donna per strada sono implacabile. Non sono volgare però, ho stile. Il mio approccio è discreto, se vedo che non c'è veramente niente da fare non sono insistente. Ormai leggo negli occhi l'interesse che ha una donna per me, se ce l'ha. Basta uno sguardo e capisco, il fremere leggero delle labbra, il restringersi delle pupille, l'inclinarsi della testa, l'arretrare impercettibile, l'avanzare inconsapevole.

Colgo al volo i desideri più intimi di ogni donna, le fantasticherie inconfessabili, quelle più segrete. Posso essere un padre, un figlio, un nonno se occorre.

Cambio mestiere, se è il caso. E sono medico per le ipocondriache, psicologo per le psicolabili, scrittore scultore pittore o poeta per le sognatrici, filosofo per le tormentate, maniaco per le perverse; ma sono anche idraulico, carrozziere, meccanico. Dipende dalla donna, dai luoghi, dalla situazione. Una volta per una necrofila sono diventato becchino. L'ho fatta mia in una calda sera di luglio, in un piccolo cimitero di campagna, sulla tomba di un certo Gioacchino Battaglia 1887-1960.

Tra tutte le tecniche di seduzione, però, quella che rende di più non la posso spiegare perché è la mia naturale simpatia. Io sono simpatico. Le faccio ridere, non troppo naturalmente, altrimenti ti prendono per scemo (per esempio non racconto mai barzellette, perché quelli che raccontano barzellette non li sopporto, e non li sopportano nemmeno le donne, fidatevi).

Negli anni mi sono fatto una certa cultura, ci sono materie su cui sono più preparato (quelle che hanno maggior ascendente sulle donne: arte, poesia, letteratura, filosofia, psicologia, medicina) e altre su cui zoppico un po', ma non c'è argomento sul quale non potrei fingermi un esperto. La cultura è uno strumento di lavoro irrinunciabile, chiunque ti capiti, serve sempre, l'ignorante la stupisci, la colta si stupisce. Leggo tre quotidiani al giorno, navigo su Internet, guardo programmi culturali a notte fonda in televisione. Per documentarmi sui viaggi avventurosi che racconto di aver fatto non mi perdo mai una puntata di «Alle falde del Kilimangiaro», che costa meno, mangi meglio, e non ti pungono le zanzare.

Appena conosco una donna con un hobby o un interesse particolare mi precipito in libreria a documentarmi, compro tutto quello che c'è sull'argomento in questione, lo leggo voluttuosamente in una notte (ho fatto anche un corso di lettura rapida) e il giorno dopo sono pronto a stupirla. Perché non c'è niente come far credere che, casualmente, si hanno gli stessi interessi che, *almeno* all'inizio, colpisce, e a me interessa *soltanto* l'inizio.

Stordisco le donne con discorsi di grande spessore spesso basati sul nulla e loro mi ascoltano rapite non solo per le cose che dico, ma anche per come le dico. Sono tre le cose che rendono il mio modo di parlare speciale: una proprietà di linguaggio accattivante, un tono di voce basso, profondo e naturalmente impostato, e una mimica espressiva, da attore consumato. Ammicco, sorrido, mi faccio serio e compreso nel ruolo, le invito a parlare e loro si lasciano andare, perché la regola numero uno è saper ascoltare, dedicare alla donna che parla attenzione assoluta, guardarla in modo da farle credere che è lei l'unica persona al mondo che t'interessa. E io m'interesso a qualsiasi stronzata che dicono, *e va là che ne dicono* (mi distraggo, a volte, ma chi parla non se n'accorge perché annuisco con una certa frequenza), le faccio sentire intelligenti, geniali, intuitive, ingenue, a seconda dei casi. Le faccio sentire comprese, certe volte al di là della loro stessa comprensione, della comprensione, cioè, che hanno di loro stesse.

Non c'è niente da fare, quello che più di tutto spaventa, ma attrae irresistibilmente una donna, è leggerne l'animo. Non è difficile, basta osservare il particolare, l'incongruenza tra il gesto e lo sguardo, tra la mimica e la parola, tra l'apparente tranquillità e una leggera scia di disagio; oppure tra il rigore e un piccolo vezzo: nel vestire, nel parlare, nell'atteggiarsi. Io libero la vera natura della donna che *ho nelle mani* e la conduco dolcemente verso la riscoperta del Sé. Di quel Sé seppellito dalle macerie della vita. Allora la casalinga modello diventa un'avventuriera, la madre irreprensibile una snaturata, la timida "suorina" una monaca di Monza, anche solo per una notte, d'accordo, ma io è una notte che voglio, e loro quella notte la ricorderanno per tutta la vita.

In tanti anni di frenetica attività sessuale mai avuto una *défaillance*, neppure il più piccolo cedimento, né prima, né durante, né dopo… cioè dopo sì, ma dopo che la donna è irripetibilmente appagata. Irripetibilmente anche perché è improbabile che ci sia una seconda volta, un secondo appuntamento, cioè, raggiunto lo scopo perdo *immediatamente* interesse, è più forte di me. Naturalmente ho avuto anch'io le mie storie, ma nessuna che sia durata più di due mesi, per il resto solo avventure di una notte o lunghi corteggiamenti finalizzati a quell'unico scopo, raggiunto il quale, ogni volta, la donna tanto inseguita diventa noiosa, petulante, ingombrante.

Ed è questo l'unico problema che ho, se di problema vogliamo parlare, perché è questo problema, in fondo, che mi rende un seduttore. Ora qualcuno penserà che sono malato, che ho la sindrome del Casanova, che non mi interessano davvero le donne ma la sfida di conquistarle e consapevolezza di averle conquistate, può darsi, chissà, ma se è così non voglio guarire.

Certo, se questo calo del desiderio fosse meno immediato forse sarebbe meglio, e invece quasi sempre dopo aver fatto l'amore (ma quando dico «fatto l'amore» mi riferisco a una prestazione sessuale di elevatissima qualità e lunghissima durata) dopo un minuto che ho fatto l'amore, dicevo, non vedo l'ora che se ne vadano, solo che non se ne vanno mai, e quelle che se ne vanno spesso vogliono essere accompagnate.

Allora ho studiato un sistema infallibile: aspetto che l'amante di turno vada «un attimo in bagno», che tanto ci va di sicuro, e poi mi telefono col mio cellulare, faccio squillare e rispondo dal telefono di casa. Prima bisbiglio e poi urlo: Coooosa? Ma come? Ma quando è successo? Non è possibile! Appena la donna esce dal bagno preoccupata e trepida, io butto giù la cornetta, barcollo, porto le mani alla faccia, poi lentamente le faccio scendere fino al mento scoprendo un viso stravolto e uno sguardo acquoso di lacrime trattenute (quando ho le mani sul viso premo le dita sui globi oculari fino a provocare una leggera lacrimazione) e sussurro: «La mamma... la mamma sta male, un ictus, forse, devo correre, scusa ti chiamo un taxi, perdonami amore. Ci sentiamo domani, ti telefono io». Non le telefono. Se è lei a chiamare, sempre che superi il filtro della segreteria telefonica, le dico immancabilmente: «La mamma sta sempre più male, sarà una cosa lunga, molto lunga, scusa, ma è un periodo un po' così, mi faccio vivo io».

Non mi faccio vivo, anzi, alcune volte mi faccio morto. Infatti c'è chi pensa davvero che sia morto (una volta ho fatto mettere addirittura un necrologio sul «Secolo XIX»), chi pensa che sia in India a ritrovare me stesso, chi pensa che sia in Sierra Leone o in Burundi o dovunque ci sia bisogno di un infermiere volontario per alleviare così tanto dolore.

Naturalmente non mi sono mai mosso da Genova. Santo Domingo, Rio, Cuba sono banalità per dilettanti, non sono interessato. L'unico posto del mondo che mi piacerebbe vedere è la California. Io sogno la California, ma soprattutto le californiane. Mi ci vedrei sulla spiaggia di «Bay Watch» a parlare di tecniche di salvataggio con qualche bagnina, o a farmi salvare.

Certo, attraverso anche io momenti più brillanti e altri meno, ma insomma, con qualche *escamotage* faccio sempre il mio dovere.

Uno di questi è la discoteca, ma io più che le discoteche

vere e proprie, dove la musica è troppo forte e la concorrenza di giovani palestrati è intollerabile, sono solito aggirarmi per le balere di periferia, e lì tra rumbe, cha cha cha e balli lisci qualche commessa la trovo sempre.

Ovviamente c'è il reparto (ortopedia donne, non so se mi spiego), non solo per ausiliarie infermiere e perfino dottoresse, ma soprattutto per le pazienti, con le quali, però, occorre agire in fretta perché con queste nuove tecniche chirurgiche non fanno in tempo a ricoverarle che le dimettono subito, e quando sono fuori hai perso tre quarti dell'ascendente. In reparto sono molto più disponibili, impaurite, ammirate.

Questione d'esercizio di potere, non c'è niente da fare, il potere è un'arma di seduzione tra le più micidiali. I medici, infatti, sono i veri idoli, le irraggiungibili (mica tanto) chimere, i destinatari delle prime scelte, ma le seconde scelte sono tutte per me. Certe volte anche le prime, perché i rapporti tra infermiere e paziente sono più stretti. Le terze scelte invece vanno ai barellanti, poveracci, anche se la barella agevola. Peccato che le occasioni per i barellanti sono quelle che sono: o le portano in sala operatoria che sono terrorizzate o le riportano indietro ancora sotto anestesia, e quelle così non danno soddisfazione, anche se ogni tanto qualcuno di loro finisce sui giornali con questa *mania* degli anestesisti di dare i cocktail perfettamente dosati all'intervento, escono che sono già sveglie, sembra che dormano, ma sono già sveglie. E i barellanti, specialmente quelli più vecchi, abituati a quelle belle anestesie di dodici ore per un'appendicite, ci cascano, ci cascano spesso.

Un altro posto che frequento nei momenti di magra e dove c'è pochissima concorrenza è il mercato rionale. Mi aggiro fra la mercanzia come un predatore affamato, compro quello che capita, mangio frutta o verdura o carne o pesce a seconda di quello che compra la donna che punto.

La tecnica che uso di solito è quella dell'inesperienza maschile negli acquisti. Chiedo consigli, chiedo ricette. Dico le ingenuità più clamorose.

Le casalinghe mi fasciano subito, ansiose di comunicarmi le loro conoscenze. Sorridono alle mie ingenuità, discutono tra loro, litigano, anche. C'è chi ci mette la noce moscata, chi non ci mette il vino bianco perché fa indurire i moscardini, chi cuoce l'arrosto un'ora al massimo, chi un poco di più dipende dal peso, chi ci aggiunge una cremina deliziosa che ha inventato lei, chi ci mette il latte o la birra. E io gongolo.

Fuori dal negozio è cosa fatta. Avvicino la donna che ho scelto o che dagli sguardi mi è parsa la più disponibile e le dico che aveva ragione, che però non ho capito bene alcune cose, che forse mia madre faceva così, proprio così come lei, ma che ora purtroppo mia madre è morta (in questi casi, dopo, sarà ovviamente mio padre ad essere colpito da ictus), che io sono solo e un po' perso, ora, perché non mi sono mai sposato, che avrei voluto, certo, perché matrimonio figli famiglia sarebbero stati il sogno della mia vita ma non ho mai trovato una donna che mi sapesse comprendere.

Se proprio decido di andare in trasferta allora le mie zone sono Cairo Montenotte, Ovada, Acqui Terme, massimo massimo Cinisello Balsamo. Mi muovo da solo, ovviamente, non ho amici per queste cose, io sono un cane sciolto, un battitore libero, un pesce pelagico fuori dal branco, e le donne sono sardine. È in trasferta che do il meglio di me, vado dove non mi conosce nessuno e libero così senza timore la mia vocazione camaleontica. Faccio del bene però, illumino con qualche raggio di sole la fitta nebbia dell'Alta Padana, porto un po' di tepore nei rigidi inverni del basso Piemonte, sono una ventata d'aria fresca nel caldo opprimente dell'agosto ovadese. Perché è lì che si trovano le prede più ambite: le commercianti sposate con uomini che pensano solo alla Lega, le casalinghe insoddisfatte che però non hanno mai tradito il marito, le studentesse che sognano luoghi migliori. E io glieli faccio sognare. Racconto loro dei posti più incontaminati della Terra, delle barriere coralline australiane, delle isole malesi, dei ghiacci del Polo, oppure, se vogliono vita, gli parlo delle notti a Parigi, Londra, New York.

Insomma, le faccio sognare, sono un venditore di sogni e l'unica moneta che accetto per farmi pagare è il sesso. Che male c'è? C'è chi è molto più caro di me.

II

Mentire per me è quasi un atto dovuto, d'altra parte per chi fa l'infermiere e non si è mai mosso da casa la menzogna è d'obbligo, solo che se non si sta attenti ti si può rigirare contro, e se non si è pronti a rimediare si rischiano brutte figure, come quella che stavo per fare una volta che volli esagerare.

L'anno scorso, ricordo, dissi a una tipa che il giorno dopo si sposava e che non so come ero riuscito a offrirle un caffè, questa frase: «Se io non fossi sposato, tu domani non ti sposeresti, questo è sicuro. Non è lui che vuoi sposare, pensaci, la vita è la tua».

Non avevo tempo, dovevo stupirla, colsi nei suoi occhi e nella sua voce la perplessità verso quel matrimonio.

Vabbè, la cosa finì lì, le chiesi il numero di telefono ma lei niente, non me lo volle dare, mi ringraziò per il caffè e per la piacevole compagnia e sparì dalla mia vita, capita.

Qualche mese fa la incontrai di nuovo, avevo appena lasciato la Vespa per il tagliando a Mighé, il mio meccanico di fiducia, e stavo camminando verso la fermata dell'autobus non distante dal cimitero di Staglieno, quando mi sentii chiamare:

«Andrea, sei tu? Finalmente ti rivedo, ti ho pensato tanto sai».

E chi è 'sta qui? Pensai, non l'avevo riconosciuta, mi ero colpevolmente scordato di lei.

«Anch'io, ti ho pensato tanto anch'io. Come stai?». Mai fare vedere a una donna che non ti ricordi di lei.

«Eh, insomma, avevi ragione tu, me ne sono già pentita».

«Te l'avevo detto che te ne saresti pentita».

Non sapevo assolutamente di cosa stessi parlando.

«Ma come hai fatto a capirlo tu, in un attimo, lo sai non ci ho dormito la notte su quella tua frase».

Ora avrei potuto chiederle: che frase?, ma preferii di no. Mai fare vedere a una donna che non ti ricordi quello che le hai detto, specialmente se è una cosa importante.

«Esagerata, non ci credo, addirittura non dormirci sopra?».

«Te lo giuro».

«E allora ripetimela 'sta frase, vediamo se te la ricordi veramente».

«"Non è lui che vuoi sposare, pensaci, la vita è la tua", come potrei scordarmela quella frase, ricordo anche il tono della tua voce e il modo con cui mi guardavi. Ah, se ti avessi dato retta… Ma dimmi di te ora, come stai?».

«Mah, cosa vuoi sempre la solita vita, sempre solo, purtroppo».

«Ma come sempre solo, e tua moglie?».

Eccola lì, la balla in agguato che ti si rigira contro.

«Mia moglie?… Mia moglie dici?… Emh… è morta, sì, purtroppo è morta».

Me ne pentii subito, sarebbe stato meglio se le avessi detto che mi aveva lasciato, ma fu la prima cosa che mi venne in mente, e poi chissà, forse la vicinanza del cimitero mi aveva condizionato.

«Morta? Ma quando è successo?».

«Quando è successo dici?... Non lo so quando è successo, da quel momento per me si è fermato il tempo». Dovevo muovermi con cautela, rimanere sul vago.

«Ma un anno fa, quando ci siamo conosciuti, stava bene no? Non mi avevi detto niente».

«Un incidente, un mese fa, ma lasciamo perdere, non farmene parlare».

«Oh povero caro, devi essere tanto triste».

La cosa stava prendendo una buona piega.

«Tanto triste... a proposito... se stessimo un po' insieme? Avrei proprio bisogno di parlare con qualcuno, hai degli impegni?».

«Mah, niente di particolare, mio marito è fuori per lavoro, tornerà domani, se vuoi... sì, direi di sì. Tu dove stavi andando?».

«Al cimitero, però posso anche non andarci, per una volta...».

Ero certo che mi rispondesse qualcosa tipo sei proprio sicuro? e invece...

«No, assolutamente, non se ne parla nemmeno, non voglio che rinunci ad andare al cimitero per causa mia. Ti accompagno».

Mi venne un accidente, ma a quel punto ero in ballo e dovevo ballare.

Ci avviammo mestamente verso il cimitero, e dopo aver comprato dei fiori, vagai tra le tombe, cercandone una che andasse bene. Non era facile. Dovevo trovare una che fosse morta più o meno un mese prima e inoltre dovevo procedere con una certa sicurezza. Sbirciavo in fretta le date di morte e le fotografie sulle lapidi confidando nella fortuna e nei miei undici decimi, quegli stessi undici decimi che mi fanno individuare una donna passabile anche se è solo un punto in lontananza.

Quando avevo perso ogni speranza e già studiavo qualche contromossa credibile (tipo quella classica di fingere di sentirmi male, uno svenimento al cimitero fa sempre scena), mi cadde l'occhio su una tomba di una che era morta giusto un mese prima. Era una donna, finalmente (avevo già individuato due tombe che andavano bene ma erano uomini), perfino bella a vederla così, dalla fotografia sulla tomba.

«Eccola, la mia povera...» (guardai il nome perché non l'avevo notato) «Barbara, quant'era bella».

Sistemai i fiori e piangendo bisbigliai qualche frase incomprensibile. Lei stette tutto il tempo un passo indietro, rispettosa del mio dolore.

«Andiamo adesso», le dissi dopo un breve ma sentito raccoglimento. Ero terrorizzato dall'idea che arrivasse un parente vero, era morta da poco, c'erano troppi fiori, la tomba doveva essere ancora molto frequentata.

Ci stringemmo l'uno all'altra e ci avviammo mestamente verso l'uscita. In silenzio... troppo in silenzio, notavo in lei una certa rigidezza che prima non aveva.

«Scusa se sono indiscreta», mi disse a un certo punto, «ma tua moglie aveva ottantasette anni?».

«Ottantasetteanni? Ma che dici?», le risposi stupito e col sorriso sulle labbra, poi, improvvisamente un flash, non avevo fatto caso alla data di nascita! Ero così concentrato su quella di morte che proprio non ci avevo fatto caso. Dalla foto, mezza coperta da un mazzo di crisantemi, mi pareva una sulla quarantina, magari anche sulla cinquantina, ma insomma aveva i capelli neri e un bel colorito roseo, come quello che hanno i morti nelle foto sulle tombe del resto. Panico totale!

«Be', è nata nel 1916 siamo nel 2003 a casa mia fanno ottantasette!», mi disse lei già più sospettosa, ora.

Non sapevo che dire, sostenere di aver avuto una moglie

di quarantacinque anni più vecchia di me mi pareva poco credibile e soprattutto uno sputtanamento irrimediabile; poi, dopo qualche attimo di sofferta sospensione, improvvisamente, il colpo di genio:

«Magari ne avesse avuto ottantasette, almeno avrebbe vissuto... è quel deficiente del marmista che ha invertito i numeri, si è sbagliato, invece di scrivere 61 ha scritto 16, ma mi ha promesso che entro fine mese sostituisce la lapide, sai, non è che si può correggere col pennarello».

«Oh povero caro ti ci mancava anche questa, ne devi aver passate tante», mi disse sciogliendosi all'istante.

«Sì, tante, troppe, sono così stanco, ma ora ci sei tu».

«Sì, ci sono io», mi rispose dolce e materna stringendosi a me mentre io chiamavo un taxi per andare a casa mia.

Bisogna essere equilibristi, l'ho detto. In ogni caso dovrebbero obbligare i parenti a mettere sulle tombe una fotografia recente.

III

Tra tutte le donne, le uniche che mi hanno dato dei seri problemi sono le nuove emancipate. Io amo le donne che controllo, e le nuove emancipate tendono a sfuggirmi. Sono indipendenti, intraprendenti, determinate, ma soprattutto sospettose, non si fidano, partono dal presupposto che l'uomo è immaturo, inaffidabile, bugiardo, ma soprattutto bastardo (e nel mio caso come dire... ci acchiappano abbastanza). Hanno visto i loro padri, deboli e spaesati, perdere a uno a uno tutti i privilegi che l'Homo Erectus si era faticosamente conquistato andando a caccia tutti i giorni, hanno assistito, ancora bambine, alla frustrazione, alla ribellione, alla separazione delle loro madri, e quelle sono esperienze che lasciano il segno. Così, anche quando sono loro a decidere che vogliono spassarsela un po' (cioè sempre), basta un nonnulla, che so, una battuta infelice, un gesto inopportuno, uno sguardo sfuggente a un'altra donna mentre ti stanno parlando di una cosa importante, che le deludi, ti gelano con un «pensavo che fossi diverso», si alzano e se ne vanno, e tu rimani lì come uno scemo col bicchiere in mano a girare il ghiaccio col dito.

A letto non hanno problemi, ma li fanno venire a te, conosco uomini che non si sono più ripresi, ne sono usciti a pezzi, paralizzati dall'ansia da prestazione. Orgasmo clitorideo, vaginale, multiplo, non se ne vogliono perdere uno. A loro interessano principalmente due cose: la durata e la creatività (le nuove emancipate, a malincuore, sono costrette a dichiarare che le dimensioni del pene non contano). Da quando quel fanatico di Sting ha messo in giro la leggenda metropolitana che fa l'amore per sei ore, se tu ci metti meno ti dicono che sei un eiaculatore precoce. Devi essere sempre un amante diverso: un esperto preliminarista, ma talvolta un rude violentatore, un poetico sussurratore, ma ogni tanto un volgare insultatore, uno sperimentatore, ma anche uno scopatore classico. Altro che la tranquillizzante sveltina dei nostri padri o *l'irripetibile* colpo unico dei nostri nonni.

Ovviamente per le nuove emancipate il sesso è solo la base imprescindibile di un rapporto soddisfacente, il loro uomo ideale non abita qui, non è di questo mondo voglio dire, è una creatura aliena nata dal bombardamento mediatico: televisione cinema e giornali femminili di terza generazione hanno fatto più danni di tutte le battaglie femministe messe insieme. Oggi se vuoi essere all'altezza delle loro aspettative devi essere tutto e il contrario di tutto, una sorta di George Clooney della porta accanto. Prerequisito indispensabile è essere bello e impossibile, cioè devi avere il fisico ma anche un po' di pancetta perché ultimamente qualcuna sembra gradire, non necessariamente giovane ma atletico e in perfetta forma, e poi devi essere enigmatico e trasparente, tenebroso e solare, astuto e ingenuo, di tanto in tanto melanconico e meditabondo, più spesso ironico e brillante. Devi saper ascoltare e dire il giusto, farti i cazzi tuoi ma fino a un certo punto, essere originale nelle idee, alternativo nelle scelte, sicuro nelle decisioni. Naturalmente profondo, intuitivo come lo sa essere un uomo speciale e sensibile come una donna normale. Devi essere un po' uomo e un po' bambino, duro come il diamante che pretendono in regalo, tenero come il cucciolo che dovresti fargli trovare sotto l'albero a Natale. Attento alle problematiche femminili ma senza esagerare. Assente e presente al tempo stesso, a volte inaccessibile come la parete ovest dell'Annapurna, preso come sei a decidere il volo con il quale partire, altre volte, quasi sempre cioè, complice e amico, il loro miglior amico. Devi essere intellettuale, che se ti chiedono dell'esistenzialismo di Sartre glielo devi saper dire, e pratico, che se si rompe qualcosa in casa la devi saper aggiustare. Va da sé che non puoi prescindere dall'aver preso contatto con la parte femminile che è in te, non troppo però, perché le nuove emancipate vogliono innanzitutto l'uomo vero. Ho visto poveri cristi leggersi tutta la collezione Harmony piangendo a ogni pagina, altri inseguire farfalle sui prati saltellando come la Vispa Teresa, altri ancora lavorare per ore all'uncinetto e poi discuterne con competenza con le loro donne. E poi ritrovarsi cornuti e mazziati da un minatore di Iglesias che puzzava di mirto e di carbone, che non diceva una parola e menava pure. Però scopava.

Insomma, devi essere all'altezza, in tutti i campi dello scibile umano, e non è facile esserlo, direi quasi per definizione, essendo un uomo.

Ah, dimenticavo: essere ricco e potente non è indispensabile ma se lo sei è meglio, non perché lo sei, ti dicono mentendo, ma perché lo sei diventato.

L'ultima che mi capitò fu una fotografa freelance, la conobbi durante il G8. In quei giorni, ricordo, non si batteva chiodo, erano tutte scappate da Genova, oppure se ne stavano barricate in casa. Discoteche e locali erano chiusi o deserti. Io ero rimasto in città perché contavo di conoscere qualche manifestante. Non che quel tipo di donna mi interessasse particolarmente, anzi, ma, nel mucchio, pensavo che qualcosa di buono potesse uscirci. E poi c'era un bel movimento di giornaliste inviate di televisioni nazionali e locali. Certo, il massimo per me sarebbe stato accedere alla zona rossa, oppure alla mitica nave della Festival Crociere ancorata in rada e dove avevano piazzato la bellezza di centocinquanta splendide *entraîneuses* (anche se gli organizzatori le chiamavano diversamente) a uso e consumo delle delegazioni lì alloggiate.

Erano lc otto di mattina e io stavo facendo colazione in un bar sotto casa mia che era in piena zona gialla, era il venerdì mattina, non era ancora successo niente. Il bar, l'unico aperto del quartiere, era piuttosto affollato di ragazzi tutti vestiti di nero. Di poliziotti, nel bar, nemmeno l'ombra. I poliziotti invece erano tutti fuori perché avevano fermato una signora sospetta che si aggirava spingendo una carrozzella dove forse potevano esserci nascoste delle spranghe, invece c'era un bambino che dormiva. Comunque tutto era tranquillo, tranne il bambino che quando gli agenti lo tirarono fuori dalla carrozzella si mise a piangere.

Fu lei a rivolgermi la parola per prima, era seduta in un angolo, io, colpevolmente, non mi ero accorto della sua presenza perché guardavo Agnoletto alla televisione cercando di capire il perché della sua esistenza, e come fosse possibile che avesse quarant'anni ma che ne dimostrasse ottanta.

Si avvicinò e mi disse, seria, quasi incazzata:

«Ti posso scattare qualche foto?».

«Perché mi vuoi fare delle foto scusa?».

«Secondo te? Sono una fotografa! Non vedi?», sbottò indicandomi le due Leika che teneva a tracolla, «o pensavi che fossi una che vende macchine fotografiche taroccate?».

«No è che mi sembra strano».

«Perché ti sembra strano? Sei vestito di bianco, non sei

una tuta bianca? Ma forse mi sono sbagliata, magari sei un gelataio». In realtà ero appena smontato da una notte all'ospedale e non mi ero ancora cambiato, contavo di farlo a casa dopo essermi fatto una doccia. Non sapevo che dire. Avevo capito subito che era una nuova emancipata e quindi stavo attento a misurare le parole.

«Allora? Ti è caduta la lingua? Sei una tuta bianca o no?».

«Forse», risposi, «ma non mi piacciono le etichette». Solito colpo di genio.

«Come ti chiami?, ti conosco?, ti ho visto in qualche manifestazione?».

«Forse», risposi ancora.

«Ti chiami Forse?», mi chiese sarcastica.

«No, mi chiamo Andrea, Forse è il cognome».

«Mi prendi per il culo?».

«Forse», e sorrisi sperando di aver detto la cosa giusta. Anche lei sorrise, l'emancipata in questi frangenti o ti tira una sberla o sorride, lei, fortunatamente, sorrise, e poi mi chiese, seria ma già meno arrabbiata:

«Cosa dice Casarini, pensi che sfonderete?».

«Vedremo, può darsi».

«Uomo di poche parole eh, mi piacciono gli uomini di poche parole, almeno così evitano di dire cazzate», mi disse in un ultimo rigurgito di femminismo ma già abbastanza ammirata, «mi sai dare qualche dritta sui posti più caldi?».

«Tutti i posti saranno caldi». Io mi riferivo al fatto che erano le otto di mattina e c'erano già 27 gradi, ma lei annuì seria dicendo: «Ah, capisco, ci saranno parecchi scontri allora».

Non risposi. Uscimmo dal bar e lei mi scattò alcune foto. Poi restammo a parlare seduti su una panchina per quasi un'ora spaziando da un argomento all'altro ma soprattutto a discutere di globalizzazione. Io diedi il meglio di me, facendo osservazioni argute naturalmente di orientamento noglobal, visto che lei evidentemente lo era. Ero perfettamente informato perché alcuni giorni prima, dato che in quel periodo le donne, perfino la mia portinaia, non facevano altro che parlare di globalizzazione, mi ero comprato *No logo*. Sapete quel libro di quella americana che ce l'ha con i loghi e ha messo in copertina un bel logo dove c'è scritto «No logo»? Quello lì.

In ogni caso a poco a poco avevo iniziato a interessarla, e da vera emancipata non faceva niente per nasconderlo. Si chiamava Martina, romana, figlia di genitori divorziati risposati ridivorziati e ora conviventi, aveva ventinove anni e viveva da sola da quando ne aveva quattordici, comprensibilmente. Aveva avuto tre figli da tre padri diversi, tre «meravigliosi ragazzi» che aveva chiamato Towanda, Lupo e Ganja, segnando così per sempre il destino di quei poveri disgraziati, era pacifista, molto amica di Agnoletto, simpatizzante di Rifondazione Comunista ma critica nei confronti di Bertinotti, come me del resto.

Nonostante fosse di sinistra vestiva con una certa eleganza, era truccata il giusto, era molto carina, e aveva un fisico perfetto. Sapeva quel che voleva e ho avuto la netta sensazione che volesse portarmi a letto. Purtroppo doveva lavorare, così ci scambiammo il numero di cellulare e ci demmo appuntamento per la sera al suo albergo.

Poi successe quel che successe e così la sera non ci vedemmo. Mi telefonò e mi disse che voleva andare negli ospedali a scattare delle foto. Anche se non ne avevo assolutamente voglia mi offrii di accompagnarla, ma lei, da buona emancipata, mi disse che voleva andarci da sola, così sarebbe stata più libera di muoversi anche perché girava con un motorino che aveva *trovato* per strada. Mi chiese se avevo sfondato ma io le ho risposi che per adesso no, non avevo sfondato. In realtà ero stato tutto il giorno tappato in casa a guardare terrorizzato Primo Canale, una televisione locale che trasmetteva in diretta la guerra. Mi diede appuntamento per l'indomani. Ci mettemmo d'accordo per vederci alle dieci davanti alla chiesa di Boccadasse per sfilare insieme al corteo pacifista organizzato dal Genoa Social Forum.

Anche se non lo davo a vedere ero piuttosto recalcitrante per via della quasi certezza che ci sarebbe stato da prendere delle botte. In ogni caso Martina mi disse che aveva parlato con Agnoletto che le aveva assicurato che tutto sarebbe filato liscio e che quel giorno non ci sarebbero stati assolutamente scontri. Mi chiese se anche Casarini fosse stato della stessa idea e io naturalmente le risposi di sì.

Alle undici presi la prima manganellata, alle undici e dieci la seconda, alle dodici tentai di prendere a manganellate Agnoletto ma non ci riuscii perché si era nascosto dietro al muro del servizio d'ordine. Nella gran confusione persi di vista Martina, anche perché, per evitare di prendere ancora delle manganellate e starmene un po' tranquillo, mi unii ai *black blok*, mentre lei restò con i pacifisti a scattare foto e a farsi massacrare.

Provai a chiamarla col cellulare, ma non mi rispose perché glielo avevano sequestrato, cioè rispose uno che disse di essere un artificiere, chissà, forse tentava di disinnescarlo.

Mi chiamò lei da un bar dove si era rifugiata e mi diede appuntamento per la sera.

«Ci vediamo alle otto davanti al Pronto Soccorso del Galliera, OK? Non arrivare in ritardo perché se no me ne vado».

«D'accordo», le dissi, «allora ti invito a cena, ti porto in un bel posticino, oppure se vuoi ti preparo qualcosa da me, come preferisci».

«No, nessuna cena, ho un'altra idea per stasera», mi rispose con una determinazione che non ammetteva repliche, «degli amici del Genoa Social Forum mi hanno invitato ad andare da loro, così già che ci sono scatto ancora qualche foto».

«Dove scusa? No grazie, ho già preso abbastanza botte per oggi», le dissi ancora.

«Oh poverino, ha preso delle botte! E io? Pensi che non le abbia prese io?, ma le ho anche date fidati... bastardi figli di...».

«Anch'io le ho date, ho dato una testata a un manganello di un poliziotto che se la ricorda ancora adesso», la interruppi per sdrammatizzare sperando di farla ridere.

«Ascolta, Woody Allen dei poveri, lascia perdere le battute che non è proprio il caso», mi gelò, «comunque dove andremo stasera è tutto OK, tranquillo, ho parlato con Agnoletto, è il posto più sicuro di tutta Genova, e poi c'è una mezza festa, si suona un po' la chitarra, ci facciamo qualche canna e a casa tua ci andiamo dopo che anche a me va di fare l'amore con te, dopo due giornate come queste un po' di sesso *fatto bene*» (e col tono della voce sottolineò quel «fatto bene» come dire sempre che tu sia capace di farlo bene) «è quello che ci vuole per scaricare la tensione, non credi?». Di fronte a quella proposta così esplicita anche se vagamente ansiogena non seppi resistere e le dissi di sì.

«Va bene, vada per la festa».

«I preservativi ce li hai?», mi chiese.

«Cosa?».

«I preservativi. Sveglia! La conosci questa parola pre-ser-va-ti-vo. Io li ho finiti, tu ce li hai? Altrimenti li vado a comprare».

Deglutii due o tre volte e poi le dissi: «Ce li ho, ce li ho».

«Bene, vedrai che ci divertiamo, alla festa... e soprattutto dopo la festa, ciao, a stasera», e chiuse il telefono anche piuttosto bruscamente.

Non ci divertimmo per niente, né prima né dopo, i suoi amici si erano accampati alla Diaz!

Ce ne stavamo vicini, io e lei, abbracciati e stanchi, c'eravamo già baciati, ancora dieci minuti e saremmo andati a casa mia, girava qualche canna, come da copione c'era uno che suonava la chitarra, e tutti cantavano canzoni rivoluzionarie. Io, a parte il fatto che non conoscevo le parole, facevo quello che non canta, perché con l'emancipata il tipo che non canta ha sicuramente più fascino. Mentre intonavano quel pezzo demenziale del profeta no global Manu Chao, che, disse uno, spiritualmente era come se fosse lì con noi, e anch'io questa volta, tanto per non fare quello che sta troppo sulle sue, gorgogliavo me gusta non so che cosa (anche perché a me gusta solo una cosa che a Manu Chao evidentemente non gli gusta perché non la nomina mai), entrarono i poliziotti, ma dire entrarono è un eufemismo, a meno che per entrarono non si intenda con i manganelli dentro le nostre teste.

Quello che accadde esattamente non lo ricordo per via del trauma cranico che rimediai quasi subito, ricordo solo che volavano manganellate come se piovesse e che Agnoletto non c'era, e non c'era nemmeno Manu Chao, il quale spiritualmente era lì con noi, ma *fisicamente* era spaparanzato su un letto di una *suite* di un cinque stelle a Santa Margherita, triste, perché i bambini muoiono di fame.

Mi ritrovai a tu per tu con un poliziotto che mi aveva preso per la pentolaccia, solo che invece delle caramelle usciva il sangue. Mentre stava per assestarmi il colpo finale, fortunatamente un suo collega lo chiamò perché aveva trovato un francese che stava brandendo una baguette. Udii distintamente che gli urlavano: «Molla la spranga bastardo!», e poi sentii il rumore sordo dei colpi dei manganelli che affondavano sul suo corpo e quello della baguette contro gli scudi dei poliziotti. Pane, prosciutto e sangue da tutte le parti. Il francese finì all'ospedale in arresto per offesa e resistenza a pubblico ufficiale e la baguette fu sequestrata e mostrata al telegiornale insieme a una serie di coltellini svizzeri molto pericolosi di cui uno ancora sporco di... Nutella (pare che infilata dentro la baguette ci fosse stata una spranga, tipo hot dog, almeno così dissero i poliziotti quando la mostrarono trionfanti al telegiornale insieme a tutte le altre armi improprie che avevano trovato alla Diaz; può darsi, ma a me sembra strano perché il francese un attimo prima che entrassero se la stava mangiando e non credo che oltre al prosciutto l'avesse imbottita con una spranga altrimenti si sarebbe rotto i denti e invece, e di questo sono sicuro, i denti glieli ruppero i poliziotti). In ogni caso ne approfittai per sgattaiolare via, presi ancora qualche manganellata vagante ma alla fine guadagnai l'uscita e me la diedi a gambe. Scappai dal retro dell'edificio approfittando di un'impalcatura e del fatto che nessuno aveva pensato a circondare la Diaz, con me c'erano una quindicina di ragazzi, tutti vestiti di nero. Ricordo che un attimo prima di scappare dalla finestra, quando ero con le gambe a cavalcioni sul davanzale, vidi Martina che incurante di tutto quel trambusto stava ferma in piedi a fotografare il massacro fino a che un poliziotto non le strappò la macchina fotografica e cercò di piazzarle una manganellata sulla testa che lei evitò per un pelo. «Corri Martina, vieni via», le urlai. Le si girò, fece qualche passo verso di me e quando mi fu di fronte mi disse, gelida: «Che delusione, pensavo che fossi diverso, scappa scappa, io resto qui!», e mentre nel suo volto compariva una smorfia di disgusto per la mia vigliaccheria, tirò fuori dai tasconi dei pantaloni militari un'altra macchina fotografica, più piccola. Per un attimo pensai di restare con lei, ma quando vidi il poliziotto avanzare verso di noi con fare poco amichevole, bisbigliando tra me e me un «mavaffaanculova», all'indirizzo di Martina, ovviamente, mi catapultai fuori a mo' di razzo.

Non la vidi più, né quella notte, né dopo, credo che l'abbiano arrestata e portata a Bolzaneto con l'accusa di avere scattato foto violente.

Non fu facile dimenticare l'incubo di quella notte, tanto è vero che per un po' di tempo quando vedevo Agnoletto alla televisione cambiavo immediatamente canale e da quel giorno appena mi accorgo che una, *tanto tanto*, è emancipata, cambio strada.

Maria non lo era emancipata, e forse non credeva nemmeno di esserlo, lei era mistica. E se c'è una categoria di donne ancora più pericolose delle Emancipate è quella delle Mistiche, anzi di quelle che credono di esserlo. Io sono l'essenza del materialismo, e ci sguazzo, ma per portarmi a letto Maria sono diventato l'uomo più spirituale del mondo, e l'ho pagato caro.

IV

Ho conosciuto Maria dal fruttivendolo. Quel giorno ero appena smontato da una notte piuttosto movimentata per colpa di una “frattura di femore” in terza giornata che mi aveva dato parecchio da fare. È un po’ presto in terza giornata se devo essere sincero, sono rigide, hanno paura che la protesi esca dalla sua sede. Meglio aspettare la quinta giornata, ma io smontavo e poi facevo un turno di ferie. Rischiavo di non trovarla più.

Era un sabato mattina, per l’esattezza, come riportato nella mia agendina (marco tutto, serve sempre): sabato 20 dicembre ore 10, conosciuta Maria zona Molassana tavola 35 c3 Pagine Utili.

Quel sabato mattina, appunto, gironzolavo fuori zona con il mio Porsche Carrera 4 blu cobalto comprato usato ma come nuovo, uno splendido esemplare del ’95. Anche la macchina è uno strumento di lavoro: bisogna che sia quella giusta. Ero vestito casual ma con una certa eleganza: un giubbotto imbottito della RAF molto bello e molto *vintage*, jeans, *cachemirino* dolcevita nero. Ai piedi avevo un paio di bellissime polacchine Tod’s taroccate ma indistinguibili dall’originale.

Stavo vagando senza meta quando mi è capitato di vedere una donna piuttosto interessante entrare in un negozio. L'ho intravista solo per un attimo, ma in quell'attimo devo dire che mi ha colpito. Ho scorto un "buco" proprio lì davanti e così ho deciso di cogliere l'attimo fuggente, ho posteggiato, cercando di farmi notare il più possibile, e sono entrato anch'io, consapevole del fatto che la donna in un negozio è praticamente in trappola.

Mi sono subito accorto, con leggero sgomento, che si trattava di una specie di fruttivendolo specializzato in prodotti naturali biodinamici macrobiotici ecc. ecc.

Le clienti più assidue dei negozi come questo si possono suddividere in sei tipologie, che talvolta, per la serie le disgrazie non vengono mai sole, possono essere associate tra loro:

A) Anoressiche ai primi stadi;
B) Vegetariane integraliste;
C) Fanatiche che mangiano solo cibi biologici e che guardano con ripugnanza chi non lo fa;
D) Ricche signore sfaccendate disposte a pagare una bistecca di tofu, che fa schifo (anche a loro), tre volte di più di un filetto;
E) Esaltate cultrici delle filosofie orientali che pensano che per essere buoni taoisti occorra mangiare soltanto cinese;
F) Mamme che danno da mangiare ai loro piccini soltanto verdure biologiche e così, quando i loro piccini vanno all'asilo, devono ricoverarli d'urgenza perché si beccano la diarrea del viaggiatore. Uguale a come se li portassero in India a bere acqua nelle pozzanghere.

Appena sono entrato ho fatto una breve ma veloce radiografia alla *facile preda* e ho avuto subito la conferma di non essermi sbagliato. Nera, di carnagione chiara, sui trenta trentacinque anni al massimo. Viso regolare, occhi scuri, labbra ben disegnate, tumide e carnose. Magra ma con tutte le sue curve a posto. Truccata il giusto forse appena appena sottotono. Posteriore ben tornito avvolto in un paio di pantaloni beige, aderentissimi, che scolpivano due gambe marmoree. Polpaccio ovviamente coperto ma esaltato da tacco notevole.

Eravamo gli unici due clienti. Anche la padrona del negozio non era male ma Maria era decisamente più intrigante. Non ho avuto difficoltà a capire che le due donne erano amiche. Me ne sono accorto dal tono confidenziale con cui parlavano.

Considerando la qualità tutto sommato non eccelsa dell'abbigliamento e data l'ubicazione periferica del negozio in questione Maria non rientrava sicuramente nella tipologia D. Inoltre ho escluso la tipologia A perché stava assaggiando qualcosa e lo gustava con apparente piacere. Visto l'inquietante entusiasmo con cui discuteva di cibi macrobiotici e delle ricette per prepararli era probabile che appartenesse alla categoria C (ho scoperto dopo, mio malgrado, che invece Maria rientrava decisamente nella tipologia E, la più pericolosa, specialmente quando, come in questo caso, era associata alle tipologie C e B), e ascoltandola mentre parlava con la padrona ho intuito che era anche vegetariana.

Ho fatto subito finta di avere fretta, mi muovevo con gesti rapidi e insofferenti, sbuffavo impercettibilmente, guardavo l'ora.

Tutto questo perché avevo paura di rimanere incastrato nel negozio mentre lei finiva di comprare e se ne andava.

Infatti, quasi subito Maria ha detto:

«Sandra servi pure il signore che ha fretta».

«Grazie, ma è che ho la macchina proprio lì davanti messa un po' male», e ho indicato con studiata noncuranza la Porsche che si vedeva almeno per un terzo.

Le due donne hanno guardato la Porsche e ho capito che

hanno avuto qualcosa come un fremito, un accenno di stupore.

«Desidera?», mi ha chiesto Sandra.

«Vorrei un chilo di carote, anche meno, sa... vivo solo», ho risposto sottolineando bene col tono della voce quel «vivo solo».

La padrona ha preso le carote, le ha pesate, le ha infilate in un sacchetto biodegradabile e con un gesto devo dire molto sensuale, le ha posate sul bancone.

«Tre euro e cinquanta», mi ha detto regalandomi un ampio e ambiguo sorriso.

«Un po' care però per essere carote», ho detto io mentre cercavo i soldi nel portafoglio.

Costavano tre volte di più che dal fruttivendolo sotto casa mia.

Allora la tipa del negozio ha attaccato con un'impressionante filippica esplicativa per giustificare il prezzo così alto delle carote.

Quelle che hanno negozi così sono molto esaurienti nelle spiegazioni perché hanno *la volpe sotto l'ascella*: sanno benissimo che i loro prodotti sono troppo cari e che allora uno preferisce farsi una scorpacciata di pesticidi piuttosto che fare la fame dal quindici del mese in poi.

Comunque mi ha detto, mostrandomi una carota che proprio non rientrava nel chilo abbondante che mi aveva rifilato:

«Ma lo sa lei caro signore che cosa ci vuole per coltivare biologicamente *questa carota*? Bisogna che il campo sia convertito ad agricoltura biologica da almeno cinque anni, bisogna che almeno due anni prima della conversione sia stato depurato con erba medica, che deve essere piantata e poi tagliata via. Poi in agricoltura biologica le coltivazioni si fanno ruotare cosa crede?, così i legumi cedono azoto al terreno e l'anno dopo le verdure prendono l'azoto di cui hanno bisogno, poi si devono levare le erbacce a mano, una per una, mica con i diserbanti, poi il raccolto non è nemmeno la metà a parità di ettari per via che non si usano i pesticidi che fanno venire il cancro così mangi le verdure per prevenirlo e quelle te lo fanno venire, poi...».

«Tutto questo per una sola carota?», l'ho interrotta io.

Hanno sorriso. Le ho fatte ridere ancora con qualche altra battutina e con qualche garbato doppio senso, e in un negozio di frutta e verdura i doppi sensi si sprecano, poi mi sono fatto serio e ho detto:

«Guardi signora che lo so. Fino a quindici anni fa vivevo in campagna e sono stato un precursore in Italia dell'agricoltura biologica. Lo so io le erbacce che ho tolto, lo so io la fatica che ho fatto per vedere crescere le mie verdurine senza diserbanti e pesticidi, e poi due anni fermo, senza vedere una lira, ad aspettare che l'erba medica facesse il suo bravo lavoro di pulizia».

La faccenda della rotazione e dell'azoto non l'ho detta perché non l'avevo capita bene.

Loro erano piacevolmente stupite, io non ho concesso il tempo a nessuna replica perché ovviamente non sapevo nulla di agricoltura biologica, ho pagato, ho accennato un sorriso dei miei, ho salutato e sono uscito.

Fuori dal negozio ho aspettato Maria con la solita tecnica che si potrebbe definire, parafrasando Proust, «Alla ricerca delle chiavi perdute». Ho incominciato a tastarmi e a infilare le mani da tutte le parti fingendo di cercare qualcosa. In realtà da quando ci sono i cellulari questa tecnica l'ho quasi del tutto abbandonata, di solito quando voglio prendere tempo m'invento una telefonata, faccio discorsi concitati al nulla, gesticolo, ascolto annuendo vistosamente, litigo se è il caso. Infatti le prime tastate erano finalizzate a cercare il telefonino, ma quando mi sono ricordato di averlo dimenticato in ospedale nell'armadietto dello spogliatoio, ho cambiato su due piedi l'oggetto della mia ricerca e ho applicato la variante «chiavi auto».

Per rendere più credibile e soprattutto meno imbarazzante la pantomima, sono rientrato un attimo per chiedere, appunto, se avevo lasciato per caso lì le chiavi della macchina, e le due donne, interrompendo immediatamente il loro fitto cianciare, mi hanno detto di no.

Parlavano di me, certamente parlavano di me.

V

«Non le ha ancora trovate?», mi ha chiesto Maria quando è uscita anche lei, vedendomi vagare disperato intorno all'auto. Ero arrivato ad accucciarmi e a guardare sotto la macchina!

«Non mi dica niente, no!, non riesco a capire... mistero».

Poi, mentre mi stavo frugando per l'ennesima volta dentro alla tasca interna del giubbotto, mi sono illuminato di immenso e ho detto:

«Ah eccole, erano finite in fondo alla tasca interna del giubbotto, sa è un giubbotto originale della RAF, ogni tanto ci trovo anche qualche residuo bellico». Maria si è sciolta nell'ennesimo sorriso. Evidentemente le interessavo, con ogni probabilità era incuriosita da me per via della faccenda del *precursore biologico* e così ha esitato prima di andare via quel tanto che è bastato per darmi modo di attaccare bottone con la massima naturalezza.

Ovviamente ho condotto il discorso dove ho voluto io e dopo dieci minuti mi sono reso conto che era il momento di chiederle se potevo offrirle qualcosa da bere.

«Posso offrirti una tisana alla melissa», le ho detto, «conosco un posto dove le sanno fare veramente buone».

Il posto lo conosco davvero, è un bar di lusso, in centro, pieno di donne sposate ricche e sole che vanno lì a prendere l'aperitivo e dove un giorno sì e uno no vado anch'io a farmi uno champenoise attaccato al bancone con lo sguardo penetrante e il flute in mano. Nel giorno no vado a farmi un frizzantino in un bar di periferia pieno zeppo di operaie di una fabbrica di tondini d'acciaio che hanno appena smontato. (Il vino è lo stesso solo che nel bar dei poveri lo devi chiamare «frizzantino» mentre in quello dei ricchi «champenoise» e te lo fanno pagare il triplo).

Nel bar c'è una saletta molto gradevole dove, tra l'altro, servono queste schifezze portando pure una specie di menù delle tisane, mi ricordavo quella alla melissa perché tempo fa, in quello stesso bar, ci sono andato con una che si chiamava così, e lei, trillando, me l'aveva fatto notare.

Maria si è lasciata convincere non senza qualche tentennamento, è salita in macchina esitante e ci siamo diretti verso il bar.

In macchina abbiamo parlato amabilmente di verdure biologiche e l'ho fatta ridere ancora. Quando uno mi ha tagliato la strada, invece di mandarlo affanculo come faccio di solito, ho sorriso, impassibile e tollerante. Quando un altro, poi, mi ha strombazzato solo perché era venuto verde e io, tutto preso a stupire Maria con discorsi karmici, non mi muovevo, ho tirato fuori la mano dal finestrino e gli ho fatto il noto gesto di pace, quello con indice, mignolo e pollice aperti; o meglio, gli ho fatto le corna, ma quando ho ritirato dentro la mano ho teso anche il pollice che prima invece era ben nascosto dietro il palmo. E così, piano piano, grazie al mio comportamento zen il disagio iniziale di Maria è scomparso del tutto.

Siamo entrati nel bar e ho scelto un tavolo strategico: tranquillo ma non troppo isolato. Dovevo controllare il movimento. Sono sempre al lavoro.

«Due belle tisane alla melissa», ho ordinato al cameriere

con un tono deciso ma confidenziale, «e mi raccomando, dì a Foffi di farle buone come al solito». Foffi ovviamente non esiste, ho sparato il primo nome che mi è venuto in mente, e ora che ci penso ne potevo trovare uno meno stupido.

Il cameriere, che comunque di vista mi conosce, non ha fatto una piega, e quando è arrivato con le tisane ha detto: «Ecco la sua *solita* tisana alla melissa, con i saluti da parte di Foffi», e mi ha schiacciato l'occhio. La complicità tra uomini in queste cose talvolta mi stupisce ancora.

Bravo, ho pensato, questa volta gli lascio cinque euro di mancia. Poi invece gliene ho lasciati solo, si fa per dire, due perché l'ho visto ridere e indicarmi a Foffi.

E se lo avesse visto Maria?

Con Maria siamo rimasti più di due ore al bar. Avrei voluto fumare ma non l'ho fatto, sarebbe stata una mossa sbagliata... ormai è sempre una mossa sbagliata fumare con le non fumatrici. Mentre sorseggiavamo quella schifezza e io le illustravo, inventandomele naturalmente, le infinite proprietà curative della melissa, che intanto tutte le tisane fanno bene a tutto, ho cercato di avere su di lei più informazioni possibili. Le ho fatto un'infinità di domande con un tono interessato e non indagatorio, mi sono entusiasmato per quello che faceva, per quello che pensava, per quello che diceva. Avevamo molte cose in comune!

Maria era una vegetariana integralista ma solo da sei mesi, faceva la segretaria, ma di secondo livello, ragioniera, ma ragionava poco. Era macrobiotica, ecologista, buddhotaoista. Amava l'oriente in tutte le sue sfaccettature ed era stata *sette giorni in Tibet* nello stesso monastero «dove va sempre Richard Gere che però, purtroppo, in quel periodo lì non c'era». Leggeva valanghe di libri del tipo *Così parlò Zarathustra alle cameriere*, libri di profezie, di energie cosmiche, di liberazione dello spirito e via discorrendo.

Ad un certo punto, proprio mentre mi parlava di alcune tecniche rudimentali in grado di liberare lo spirito da non so cosa, ha stretto gli occhi come per fissarmi meglio, ha fatto un mezzo sorriso e, cambiando improvvisamente discorso, mi ha chiesto:

«Tu di che segno sei?».

Io sono del Cancro, anche se non ho mai letto un oroscopo in vita mia, ma dato che lei, prima, parlando di un suo ex che l'aveva fatta stare «troppo male» mi aveva detto che 'sto qui era del Cancro, mi scocciava dirle che ero anch'io del Cancro, e allora le ho detto il primo segno che mi è venuto in mente: «Scorpione ascendente Toro» (bisogna dire sempre anche l'ascendente, fa più scena). Maria, annuendo, e con l'espressione di quella che aveva avuto la conferma che cercava, mi ha risposto che se lo aspettava, che ero il tipico uomo Scorpione ascendente Toro. Anche io ovviamente ho fatto finta di essere interessatissimo al suo segno zodiacale. Maria era Pesci ascendente Sagittario.

«Strano», le ho detto, «che sei dei Pesci si vede chiaramente, ma non ti facevo Sagittario di ascendente». Poi le ho spiegato perché secondo me il Sagittario come ascendente *le stava un po' stretto* mentre Maria annuiva con stordita ammirazione.

Cosa volete, l'astrologia è materia d'esame, devi essere preparato, fortunatamente qualunque cosa dici va sempre bene.

Maria era come mi aspettavo che fosse: ingenua, insicura, influenzabile; di cultura medio bassa ma con velleità intellettuali, quattro caratteristiche queste che, se ben miscelate, conducono spesso al fervore spirituale di bassa lega, acuto o cronico a seconda della prevalenza dei componenti.

Credeva nell'amore universale, nel principe azzurro sul cavallo bianco, negli incontri karmici, e quelle così sono ossi duri. Dovrò impegnarmi, mi sono detto. Dovrò farle credere di essere io il suo principe azzurro, dovrà credere di aver trovato il suo karma.

Dopo due ore siamo usciti dal bar e mentre l'accompagnavo a casa Maria mi ha chiesto:

«Andrea, immagino che anche tu sia vegetariano?».

«Che domande! Certo che sono vegetariano, non so neppure che gusto abbia una bistecca. Non mangerei nemmeno una pianta carnivora!».

Ha sorriso divertita.

«E allora immagino che ti piacerà la cucina macrobiotica?».

«Adoro la cucina macrobiotica, me la cavo abbastanza bene anche a prepararla».

«Senti Andrea, pensavo, ti andrebbe di venire a casa di due amici stasera? Sai, mi hanno invitato a una cena macrobiotica, se vuoi puoi venire anche tu, sono certa che a loro farebbe piacere, e anche a me».

«Dimmi solo a che ora ti devo passare a prendere».

«Alle otto».

«Alle otto precise sarò da te».

VI

Sono andato in libreria, dovevo documentarmi per la cena. Ho comprato un libro di cucina macrobiotica perché non sapevo cosa volesse dire esattamente, ho comprato *Come diventare un agricoltore biologico* e poi ho comprato nell'ordine:

Uno dei tanti libri di Krishnamurti.
Uno dei tanti libri del Dalai Lama.
Le filosofie orientali.
Tao-te-Ching.
La via dello zen.
101 storie zen.
Lo zen e l'arte della manutenzione della motocicletta.

Ho comprato naturalmente anche la *Bhagavad-gita*, definito dalla quarta di copertina una specie di Vangelo buddhista, anzi ne ho comprati tre perché c'era un'offerta speciale e ne davano tre per due. Tanto la *Bhagavad-gita* viene sempre bene, mi sono detto.

Poi mi sono fatto prendere dalla spiritualità dei poveri (scemi) e sono caduto sempre più in basso con:

Reincarnazione. Chi eri tu nella tua vita precedente? Un metodo facile facile per scoprirlo.

Fotografarsi l'aura da soli con l'autoscatto.
Curarsi con le verdure.
Conosci il tuo spirito guida. Diventa suo amico.
Sono guarito dal cancro con i fiori di Bach.
Sconfiggere tutte le malattie infettive con i cristalli.

Ho comprato, in svendita, tutti gli arretrati della rivista «New Age» con i loro bei CD allegati e infine ho chiesto alla commessa di consigliarmi un romanzo molto spirituale che andasse bene per una come Maria, che le ho descritto sommariamente in quelli che pensavo potessero essere i suoi gusti letterari sempre che una come lei potesse avere dei gusti letterari.

La commessa mi ha detto che non c'era problema, che «Dio è la moda del momento», anche se non proprio il nostro Dio, che c'era solo l'imbarazzo della scelta, che da quando Coelho aveva fatto i miliardi con le coincidenze ormai tutti scrivevano romanzi sulla spiritualità, sulle energie cosmiche, sui simbolismi karmici. Poi mi ha detto che però era meglio andare sul sicuro e mi ha consigliato un libro uscito qualche anno fa «ma che si vende sempre»: *La profezia di Celestino*. L'ho comprato, a malincuore, ma l'ho comprato.

Sono andato subito a casa e mi sono buttato a capofitto nella lettura.

Ah dimenticavo... dato che dovevo ristrutturare il mio appartamento ho comprato anche un manuale *Feng Shui*: *Feng Shui e bioarchitetture*. «Ristruttura la tua casa seguendo la millenaria tradizione cinese. In omaggio il Bio Tensor, la bacchetta da radioestesista per individuare i blocchi energetici in casa tua».

A casa, sorseggiando una bella Coca-Cola e mangiando olive ascolane, mi sono addentrato con curiosità nelle tecniche edilizie biodinamiche e ho scoperto con sgomento che la mia casa è male orientata, che la porta d'ingresso è male orientata, che il mio letto è male orientato, che il mio impianto elettrico mi farà venire il cancro domani, che devo immediatamente cambiare il colore della camera da letto se voglio dormire bene (*ma io dormo bene!*), che ho un'affinità elettiva con certi metalli che dovrebbero essere presenti in abbondanza in tutta la casa, che l'energia propizia per me soffia da Ovest, o meglio da Nord-Ovest, che non posseggo colpevolmente una piramide di rame accumulatrice di energia universale sotto la quale dovrei passare almeno due ore al giorno, e che infine il colore dominante di casa mia dovrebbe essere il giallo ocra. Ho chiuso il libro e l'ho buttato via.

Dopo il *Feng Shui* sono passato a nuove e più stimolanti letture. Sapevo che per prima cosa avrei dovuto leggere qualche pagina sulla cucina macrobiotica, ma non potevo resistere al fascino di *Curarsi con le verdure* e di *Fotografarsi l'aura da soli con l'autoscatto*.

In ogni caso, prima che venisse l'ora di andare a prendere Maria, sapevo molto di più sulla cucina macrobiotica e sulle tecniche di coltivazione biologica, ero diventato un esperto di *Feng Shui*, avevo studiato con meticolosità le modalità esatte di reincarnazione, che comunque conoscevo già perché è un argomento che capita sempre. Sapevo qualcosa di Zen, qualcosina di Tao, niente di cristalloterapia e fiori taumaturgici purtroppo. Naturalmente avrei potuto fotografarmi l'aura anche subito e guarire tutti con i rapanelli (nel libro *Curarsi con le verdure* c'era un capitolo interessantissimo che spiegava come curarsi con i rapanelli), ma solo «se ci credi veramente». Infine avevo conosciuto il mio spirito guida, mio cugino, un lontano parente che faceva il *camallo* in porto e che era morto schiacciato da un container, non eravamo ancora diventati amici perché lui era uno di poche parole e un po' timido, ma mi era decisamente simpatico, molto di più di quando era in vita. Aveva anche una bella cera, non sembrava per niente uno finito sotto un container. Pare che ognuno di noi ne abbia uno, di spirito guida, tipo angelo custode ma meno puerile, senza ali e vestito normale, in teoria può essere pure che ci siano in giro degli spiriti guida vestiti Dolce e Gabbana o con le Adidas ai piedi (l'ultima frontiera della globalizzazione, in pratica), perché dipende anche da cosa indossi quando muori, credo. Nel libro questo aspetto non era ben specificato, ma non credo che dopo che si muore ci si cambi d'abito per fare gli spiriti guida, e poi dov'è che si compra? No... stesso vestito e stesse mutande per l'eternità (questo è il vero motivo per cui si deve avere sempre la biancheria intima pulita, perché se hai un incidente non ti devi preoccupare se finisci all'ospedale, ma se finisci all'altro mondo e ti tocca stare con le mutande sporche per l'eternità).

VII

Mi sono presentato all'appuntamento con Maria con una precisione cronometrica (anche grazie al mio Seiko Kinetic), vestito con eleganza appena un po' trasandata per via di un certo non so che di esotico a partire dal profumo: un'essenza di Patchouli che mi aveva regalato tanti anni fa una certa Luna, una mezza hippy che avevo conosciuto a un concerto – di non ricordo chi perché non me ne poteva fregare di meno – dove ero andato solo perché ai concerti, tra fan, qualcosa si combina sempre, e con la quale poi avevo intrapreso una delle mie più lunghe e *sconvolgenti* storie d'amore, quasi due mesi insieme durante i quali 'sta qui mi avrà fatto fumare più di duecento canne, che tra l'altro a me non fanno nessun effetto.

Maria, come da copione, si è fatta desiderare un po', e si è presentata alle otto e dieci. Era vestita in modo sexy – orientaleggiante, indossava una lunga gonna bianca di garza con doppio spacco, stivali neri, un pellicciotto sintetico animalista con sotto una camicetta tibetana imperlinata, e, *dulcis in fundo*, s'era fatta il terzo occhio in mezzo alla fronte. Io invece, più che del terzo occhio, avrei bisogno dei primi occhiali perché da vicino non ci vedo più tanto bene.

«Scusa il ritardo Andrea, ma ero in *trance* yogica e mi è passata l'ora», mi ha detto dispiaciuta.

«Anch'io ho fatto un po' di yoga prima di venire qui, lo so, quando sei in *trance* yogica, *passa l'ora*», le ho risposto comprensivo.

Poi, anche per non incartarmi sulle *trance* yogiche, visto che le uniche trance che conoscevo erano quelle di pesce spada, le ho dato il libro che le avevo comprato dicendole che forse lei era abituata a letture più impegnative ma che ogni tanto qualche bel romanzo si doveva pur leggere.

Maria, appena lo ha sfasciato, è come trasalita in un «Nooo» di stupore meravigliato e quando si è ripresa mi ha detto che era da tanto tempo che voleva leggere *La profezia di Celestino* e che il fatto che glielo avessi regalato era una coincidenza incredibile perché proprio grazie a quel libro una persona a lei molto vicina aveva cambiato vita.

«Devi sapere», mi ha detto piuttosto esaltata, «che una mia carissima amica che faceva la shampista anche grazie alla lettura di questo libro si è messa in proprio e ora ha un negozio di parrucchiere tutto suo».

«In che senso scusa, non capisco», le ho chiesto.

«Nel senso che lei lavorava come shampista in un atelier ed era la fidanzata storica del parrucchiere... del padrone insomma, non so se lo conosci... il negozio è piuttosto famoso... Juan le Coiffeur...» (ho fatto cenno di no con la testa). «Vabbè, lui, questo Juan, che poi non si chiama ovviamente Juan ma Giuseppe, era il primo e unico uomo della sua vita, e si dovevano sposare... e, tra l'altro, nonostante questo le faceva fare sempre la shampista. Lui era uno stronzo... guarda, un vero bastardo, uno di quegli uomini che hanno in testa solo una cosa... sai di cosa sto parlando no?».

«Immagino...», e ho scosso la testa schifato.

«Pensa che la tradiva con tutte le clienti del negozio e lei, timida e insicura com'era, lo sapeva, ma non aveva neppure il coraggio di dirglielo. Poi un giorno l'ha trovato a letto con un'altra e lui invece che so… di chiederle scusa, di essere in imbarazzo se non altro, l'ha lasciata e l'ha pure licenziata. Lei ovviamente è andata in crisi, bulimia… depressione… eccetera eccetera… insomma, stava malissimo, ma poi anche grazie alla lettura di questo libro ha ritrovato serenità, forza interiore e coraggio, così, non solo ha superato la crisi ma si è messa in proprio, e ora è diventata un'altra persona, prima era cicciottella, imbranata, sempre vestita in modo sciatto, e invece adesso… dovresti vederla… è dimagrita, si è rifatta il seno che è sempre stato il suo complesso, si veste in modo molto più vistoso e anche, se devo essere sincera, fin troppo provocante… minigonne, pantaloni aderenti, scollature… insomma ci siamo capiti, e soprattutto si diverte, se uno le piace non ci pensa due volte, anzi sta perfino esagerando un po', ma dice che deve recuperare il tempo perduto».

«Accidenti, e tutto questo grazie alla *Profezia di Celestino*?».

«Be' non solo, è entrata anche in analisi, però l'input per il cambiamento glielo ha dato proprio questo libro, almeno così mi ha detto lei».

«Bella storia, davvero. Metto un po' di musica, ti va?».

«Certo», mi ha detto Maria sospirando e con sguardo trasognato.

Ummh… È davvero una storia interessante, dove ce l'avrà il negozio 'sta sua amica troia? Quasi quasi glielo chiedo… no è meglio aspettare… E Maria, come sarà a letto Maria?, secondo me è una di sangue caliente… ummh se ci penso che magari fra un po' la butto su un letto, immagino già la scena…

Cullandomi su questi dolci e rilassanti pensieri mi sono diretto silenzioso verso casa di questi suoi amici seguendo le indicazioni di Maria e ascoltando brani di musica new age che fuoriuscivano suadenti dai sei altoparlanti disseminati qua e là nell'abitacolo della Porsche.

«Ti piace la musica new age?», mi ha chiesto Maria.

«Ascolto solo new age», le ho risposto io.

«Anche a me piace, mi libera la mente dai "pensieri cattivi" e la riempie di immagini dolci e rilassanti».

«Fa lo stesso effetto anche su di me».

VIII

Gli amici di Maria abitavano al Biscione, un cupo palazzone di mille miliardi di metri cubi di cemento sulle alture di Marassi, da dove però con un bel telescopio si poteva vedere lo stadio, o la luna, a scelta, tanto erano distanti uguale. Quinto piano senza ascensore perché «è rotto da tre mesi e i condomini non si sono messi d'accordo per farlo aggiustare», mi ha detto Maria mentre ansimavo. Le scale erano sporche e piene di cartacce perché «i condomini non si sono messi d'accordo su chi le deve pulire, e sono in causa con l'impresa di pulizia perché non si sono messi d'accordo su chi la deve pagare e così non l'hanno pagata», mi ha detto Maria mentre eravamo sul pianerottolo nell'attesa che ci venissero ad aprire i suoi amici.

Ci sono venuti ad aprire scalzi. Era una coppia sui quarant'anni, lui forse anche qualcuno di più. Il marito, Gavino, Capricorno ascendente Leone, era un rappresentante di formaggi taoista originario di Porto Torres detto Caprone Maculato; la moglie, Consuelo, Bilancia ascendente Vergine, era una casalinga reincarnata originaria di Cuneo detta Airone Rosa.

Lui era alto quanto me ma più robusto, con la barba e più peloso, anzi, aveva ciuffi di peli che gli uscivano da tutte le parti. Indossava una camicia coreana e un paio di pantaloni tipo quelli del judo. Aveva i capelli lisci, mezzi grigi e tutti tirati all'indietro che confluivano in un piccolo orribile codino (che io uno di quarant'anni col codino lo odio), aveva l'orecchino (che io uno di quarant'anni con l'orecchino lo odio), e sicuramente avrà avuto qualche tatuaggio nascosto tra i peli. Figuriamoci se uno così non aveva almeno due o tre tatuaggi (che io uno di quarant'anni con due o tre tatuaggi non posso odiarlo perché forse se li è fatti a venti, altrimenti lo odierei, comunque, un po', lo odio). Devo ammettere, però, che era un bell'ometto, con una faccia sarda ma riuscita bene, sopracciglia folte e barba ben curata, ma aveva un modo di fare che non mi piaceva affatto, da uno che capisce tutto lui e gli altri non capiscono un cazzo, infatti dopo cinque minuti che ero lì non lo sopportavo più.

Lei era piccola di statura e piuttosto in carne, era truccata in modo imbarazzante e indossava una sorta di tunica cinese di finta seta semitrasparente che lasciava intravedere un reggiseno nero che conteneva a fatica una quinta misura, almeno. Aveva i capelli cotonati, le unghie laccate, lo sguardo lussurioso, il gesto affettato e il tono di quella che vuol fare la raffinata ma sbaglia i congiuntivi, insomma, un fenomeno.

L'appartamento era arredato in stile decisamente orientaleggiante, almeno per quel che potevo vedere per via di una fitta coltre di nebbia che odorava d'incenso. L'arredamento, però, era tristemente *trash*. Per il cinquanta per cento era stato acquistato da Aiazzone linea "Oriente Express", per il quarantanove per cento da Mercatone Zeta linea "Oriente misterioso". Lo sapevo perché anni fa lo pubblicizzava Guido Angeli in televisione e ricordo che Luna, la mezza hippy del Patchouli, dopo aver visto l'eccezionale televendita, aveva voluto che l'accompagnassi in una drammatica e nebbiosa (e fumosa) domenica pomeriggio a Biella e ci si era arredata anche lei la casa. Avevo riconosciuto tutti i mobili.

Il restante un per cento era un microscopico soprammobile in giada raffigurante un Buddha, che Consuelo mi ha mostrato con la massima solerzia dicendo che era un regalo di suo cugino che era stato in India.

Appena abbiamo messo piede in ingresso hanno preteso che anche noi ci togliessimo le scarpe.

Maria mi ha presentato dicendo che ero una specie di guru, e loro, invece di darmi la mano e dirmi piacere come si fa tra le persone normali, si sono inchinati con le mani giunte tipo giapponesi.

Quando ho dato ad Airone Rosa il piccolo pensierino che le avevo portato, un riciclo, devo dire che c'è stato un attimo di imbarazzo perché era un microscopico soprammobile in giada raffigurante un Buddha identico a quello che le aveva regalato suo cugino, solo che io l'avevo comprato all'IKEA. Me la sono cavata alla grande dicendo che anch'io lo avevo comprato in India.

«Ma tu sei di origini orientali o sbaglio?», mi ha chiesto subito dopo Airone guardandomi vogliosa negli occhi.

«Non sbagli, un mio trisavolo era tibetano». Non è vero, naturalmente, ma non potevo farmi sfuggire un'occasione così. Comunque non è la prima volta che mi dicono questa cosa dei tratti orientali, e io ovviamente ci marcio perché non c'è niente come i tratti vagamente orientali per creare fascino e mistero.

«Ah, ecco, mi pareva, io per i tratti orientali c'ho come un sesto senso, perché si vede che anch'io in una vita precedente ero orientale, chissà, magari ero una *geisha*», ha squittito ridendo. Chiamala *geisha*, ho pensato.

Poi mi ha detto che si chiamava Airone Rosa, e che questo

nome glielo avevano dato quelli di una comunità *molto mistica* ubicata *sottoterra*, da qualche parte in Piemonte, vicino a Torino credo, dove quei due deficienti andavano in vacanza tutti gli anni per quindici giorni e dove tutti hanno un nome di animale e tra di loro si chiamano con quel nome. Mi ha detto che lei avrebbe preferito chiamarsi Cigno Bianco perché in una sua vita precedente era stata un cigno, ma che di cigni ce n'erano già tre e che allora l'hanno chiamata Airone Rosa se no «con tutti questi cigni non ci si capiva più niente». Mi ha detto ancora che comunque Airone Rosa le piaceva perché era molto vicino al suo spirito libero e che quelli di questa comunità individuano subito la natura profonda del carattere di ognuno e ti appioppano il soprannome adatto.

«A Gavino ad esempio lo hanno chiamato Caprone Maculato perché è forte, testardo e dominatore», mi ha detto.

«E perché sono un rappresentante di formaggi e vendo soprattutto caprini», è intervenuto lui facendo ridere le donne e guardandomi come dire: visto, ho fatto ridere le donne. La sfida era incominciata.

E perché hai le corna, ho pensato, e avrei voluto dirglielo, ma non potevo, altrimenti sarebbe stata subito rissa. Comunque è per questo che secondo me l'hanno chiamato Caprone, mi gioco mille miliardi che la moglie si è fatta tutta la comunità.

«Gavino, mostra ad Andrea il nostro giardino zen intanto che Maria e io andiamo in cucina a preparare l'aperitivo», ha detto la Reincarnata, «e mi raccomando state attenti a non calpestare le formiche».

«Uh sì», ha trillato Maria, «pensa, Andrea, che è la copia esatta, in piccolo naturalmente, del più famoso giardino zen del Giappone. Com'è che si chiama Gavino quel giardino lì?».

«Il Ryoan-ji di Kyoto, ho visto una foto su "Astra" e l'ho fatto uguale».

Così, io e Caprone, siamo andati a vedere 'sto giardino zen, solo che loro, abitando al quinto piano di quel palazzo che di piani doveva averne almeno cento, non avevano nessun giardino, ma un poggiolo zen, fatto di sabbia, pietre e qualche roccia con del muschio sopra.

«Scusa Gavino, ma le piante dove sono?», gli ho chiesto mentre eravamo sul poggiolo zen, nel gelo, a piedi nudi sulla ghiaia appuntita.

«Immaginavo che mi facessi questa domanda, tu probabilmente appartieni a quella scuola di pensiero che inserisce alcune piante nei giardini zen?».

«Infatti, io appartengo a quella scuola di pensiero lì», gli ho risposto serio.

«Io no, mi dispiace ma io le piante non le pianto, questo è un giardino immutabile, che va oltre il variare delle stagioni, che spoglia la natura della sua scorza esterna per rivelarne la sostanza primordiale. Le piante sono apparenze illusorie, fenomeni transitori, e quindi in un vero giardino zen non vanno messe, che è anche meglio, così non devo rompermi i coglioni a bagnarle».

«Ah ecco», ho annuito io sempre più infreddolito, «cosa dici rientriamo?, non vorrei calpestare qualche formica».

«Tranquillo, le ho sterminate tutte col DDT, oh però, mi raccomando, silenzio eh, se lo sa Consuelo mi disintegra».

«Col DDT, addirittura?».

«Vabbè si fa per dire... Baygon, Baygon come se piovesse».

«Ma scusa, non sei taoista?», gli ho chiesto allora io tra l'ironico e il perplesso.

«Sono taoista tranne che per le formiche».

«Perché, cosa ti hanno fatto le formiche?».

«Niente ma mi stanno sul cazzo», mi ha risposto serio.

«Ti stanno sul cazzo le formiche?», l'ho incalzato io.

«Sì, perché, c'è qualcosa di strano? Mi potranno stare sul cazzo le formiche, o no?». Si era decisamente rabbuiato in volto, si capiva che non voleva parlare dell'argomento, chissà perché, chissà cosa gli hanno fatto di male le formiche.

«Uomini, venite?», ha trillato la Reincarnata proprio in quel momento sporgendosi con quel testone cotonato dalla porta, «l'aperitivo è pronto». Siamo rientrati, facendo finta di stare attenti a non calpestare le formiche perché Consuelo ci stava guardando.

IX

Ci siamo accomodati in salotto per l'aperitivo che era un immondo intruglio rossastro composto da succo di pomodoro, carota e barbabietola, accompagnato da tartine di tofu preparate secondo una antica ricetta giapponese e dette "Nuvole bianche dopo la tempesta". Immangiabili, proprio come le nuvole.

Gavino, l'antipatico, pompava testosterone a più non posso: spadroneggiava, faceva lo spiritoso, raccontava barzellette zen, diceva, strizzando l'occhio, di essere un praticante del tantra, insomma, cercava in ogni modo di attirare l'attenzione delle donne.

«I giapponesi coi nomi bisogna lasciarli stare», ha detto a un certo punto sgranocchiando con un'espressione deliziata una tartina, «ma vi rendete conto della poesia che c'è in questo nome: "Nuvole bianche dopo la tempesta", qui dentro c'è tutto il pensiero zen, c'è il tao, c'è il profondo significato della risalita dopo la caduta, tipo quella che dice che quando la notte è più nera l'alba è più vicina… mi ricorda un po' la nostra "Coda alla vaccinara" che più o meno deve avere lo stesso significato», e ha riso. Anche le donne hanno riso. Ho capito subito che Gavino era uno di quelli che voleva essere l'unico gallo del pollaio e che ogni maschio per lui rappresentava un pericolo, un nemico da annientare. Mi sono reso conto che la serata non sarebbe stata facile, e che se volevo conquistare Maria dovevo come minimo dimostrarmi alla sua altezza se non addirittura superiore a lui, anche perché Gavino pareva avere molto ascendente su Maria.

A un certo punto Airone Rosa mi ha chiesto di che segno ero.

Panico... *di che segno sono?* Non ricordavo assolutamente quello che avevo detto a Maria.

Ho preso tempo dicendo:

«Secondo te di che segno sono?».

La casalinga reincarnata mi ha studiato un po' con un'espressione indecifrabile tra l'indagatorio e il puttanesco mentre Maria sorrideva divertita.

«Ti conosco da troppo poco tempo», mi ha detto, «comunque potresti essere un Acquario».

Ho guardato Maria che faceva un inconsapevole cenno di no con il capo.

«No», ho detto, e poi con un colpo di genio ho aggiunto, «secondo l'oroscopo cinese sono nato sotto il segno della Tigre».

«Conosci l'oroscopo cinese?», mi ha chiesto Consuelo sorpresa e interessata, mentre Gavino mi guardava con aria torva perché non se l'aspettava che io partissi subito all'attacco.

«Insomma, te l'ho detto, ho un trisavolo cinese...».

«Ma non era tibetano?», mi ha ripreso Gavino, maligno. Uno a zero per lui.

Ma io ho rilanciato così:

«Tibetano? Be', ma sai, con la faccenda dell'unificazione, il Tibet ormai politicamente va considerato Cina, purtroppo, perché io, come voi, credo, rivendico l'indipendenza del popolo tibetano». Uno pari!

«Certo», ha detto Airone, «io ho anche comprato proprio ieri al mercato una bella maglietta con scritto «Tibet li*bb*ero», non vedo l'ora di mettermela». O di togliertela, ho pensato. «Comunque», ho continuato, «ho vissuto in Cina sei mesi, posto incredibile, dovete sapere che...», ho parlato un quarto d'ora della Cina, ero salvo!

Quando è arrivato l'inquietante momento della cena, mentre mi avviavo verso la sala da pranzo parlottando ancora con Caprone Maculato sugli usi e costumi della Cina cantonese, ho sentito dietro di me la Reincarnata che, con voce sommessa, chiedeva a Maria:

«Ma di che segno è?».

«Ma dai, Scorpione ascendente Toro, cos'altro potrebbe essere se no?».

«C'avrei scommesso, lo stavo per dire, tipico uomo Scorpione ascendente Toro!».

A tavola il discorso è scivolato subito sulle coincidenze karmiche e io ho raccontato tutte le incredibili apparenti casualità che mi avevano portato a conoscere Maria, non ultima quella delle chiavi!, ma anche che, inspiegabilmente, quella mattina, come attratto da una forza misteriosa, ero entrato nel negozio di Sandra dove avevo incontrato Maria.

Gavino, bastardo, già in piena sfida, appena io ho detto «forza misteriosa», mi ha interrotto facendo l'inequivocabile gesto di unire pollice e indice della mano destra e dicendo: «Mica tanto misteriosa!», suscitando così le risate delle ragazze e sminuendo il valore karmico del mio discorso. Ho dovuto fare buon viso a cattiva sorte. Due a uno.

Poi è toccato a lui però. Gavino ha raccontato che aveva conosciuto Consuelo grazie a una straordinaria serie di coincidenze ma soprattutto grazie a quella, piuttosto imbarazzante, di essere salito su una merda e di essersi fermato per pulirsi la suola della scarpa sullo spigolo del marciapiede e poi sulla gomma di una macchina... di Consuelo! che sopraggiungeva proprio in quel momento. Poi ha continuato dicendo che gli avvenimenti così importanti hanno sempre un alto valore simbolico e che quindi la merda doveva avere un significato karmico nel loro rapporto, ma che, per quanti sforzi facesse, non riusciva a trovarlo; e ha riso, e hanno riso anche le donne. Doveva essere un suo cavallo di battaglia.

Ora, detta così si potrebbe pensare che Gavino avesse scherzato, e in parte era vero, ma io ho capito che era tanto scemo che in fondo in fondo non scherzava. Voglio dire, con ogni probabilità il fatto era accaduto veramente e dato che Gavino era uno di quelli che «nulla succede per caso», il dubbio che la merda avesse davvero un valore simbolico nel loro rapporto doveva essergli venuto, così, tanto per non saper né leggere né scrivere la metteva sull'ironico, ma in realtà non aspettava altro che qualcuno lo prendesse sul serio.

Allora io, invece di ridere e far vedere così che lo spiritoso era solo lui, mi sono fatto pensoso e ho detto, in buona sostanza, ma con un discorso piuttosto elaborato e per nulla volgare, che la merda (ma ho usato un termine più aulico) poteva essere interpretata come il simbolo della trasformazione interiore e dunque il loro era, per così dire, un rapporto di merda, cioè di grande trasformazione interiore, e che, con ogni probabilità, era quello il significato karmico che Gavino si affannava a cercare. Insomma l'eterno ciclo, la ruota della vita, nulla si crea e nulla si distrugge ma tutto si trasforma. E l'ho detto col tono di uno che ci crede veramente.

L'avevo spiazzato, scherzavo anch'io oppure no? E se scherzavo, come mi permettevo? Non sapeva che fare, se arrabbiarsi, ma io prima non mi ero arrabbiato, o stare al gioco. E se non avessi scherzato? Ma nemmeno avessi voluto offenderlo? E se anzi in qualche modo avessi avuto ragione? La mia non era forse una risposta zen? In fondo non mi conosceva, chi ero io, un mistico o un ciarlatano? Così, dopo qualche secondo di imbarazzato silenzio, Gavino, dapprima impietrito, si è sciolto in un timido sorriso che si è trasformato ben presto in un gesto di calorosa approvazione per far vedere che era uno sportivo, d'accordo, ma anche perché, sotto sotto, forse ci credeva veramente, e tutti hanno convenuto su come la mia presenza lì quella sera non fosse affatto casuale!

Due pari, anzi goal doppio, tre a due per me!

Quando abbiamo iniziato a parlare di reincarnazione la casalinga reincarnata ha detto con la massima convinzione che era certa, perché glielo avevano detto quelli della comunità, di essere stata una giovane cortigiana di nobile famiglia che era stata murata viva dal patrigno che non voleva che sposasse un povero pastorello e che quasi sicuramente il povero pastorello era suo marito che infatti, guarda caso, in questa vita faceva il rappresentante di formaggi e che ora finalmente il loro karma si era chiuso.

Io, tanto per non essere da meno, ho detto che una volta in Messico uno sciamano mi aveva rivelato che nell'anno 1000 ero un falco che volava sui cieli dell'alto Piemonte (avrei avuto voglia di dire un tacchino che razzolava nelle aie della bassa padania, ma mi sono trattenuto) e poi nel 1700 ero una prostituta bulgara che era morta di sifilide e infine nel 1800 un monaco cristiano giapponese. Un monaco cristiano giapponese! pensa te, chissà da dove l'ho tirata fuori. Ma esisteranno i monaci cristiani giapponesi?

Comunque ero già pronto a fornire particolareggiate delucidazioni sulle mie vite precedenti quando Maria mi ha spianato la strada su un argomento su cui ero molto più preparato:

«In Messico?».

Allora ho cominciato subito a parlare delle meraviglie del Messico e nel bel mezzo del discorso, così, senza dare troppa importanza alla domanda, ho chiesto se per caso qualcuno di loro avesse per caso letto *A scuola dallo stregone* di Carlos Castaneda, un libro che mi aveva obbligato a leggere tanti anni fa Luna, la mezza hippy del Patchouli. Maria ha detto subito di no, che non lo aveva letto, la casalinga reincarnata ha detto «mi sembra», ma si capiva che non era vero, Caprone faceva finta di niente per non dire che non l'aveva letto nemmeno lui.

Ho continuato a parlare del Messico, e poi, quando si erano sicuramente dimenticati della domanda sul libro, ho raccontato di quando lo sciamano messicano mi ha iniziato al peyote, cioè ho raccontato per filo e per segno quello che è successo a Carlos Castaneda con lo sciamano don Juan (stavo per confondermi e dire Juan le Coiffeur!) quando lo ha iniziato al peyote. Ho raccontato del cane, delle allucinazioni, delle convulsioni e di tutto il resto. Se volete sapere esattamente che cosa *mi* è successo quel giorno andatevi a leggere il libro: edizioni Astrolabio, da p. 30 a p. 35.

Le donne erano estasiate dal racconto, sbalordite dalle suggestive evocazioni.

A Maria brillavano gli occhi, Consuelo si stava eccitando. Anche Caprone Maculato era affascinato dai miei racconti ma era geloso perché stavo calamitando troppo l'attenzione delle ragazze, e quel che più contava non ci poteva fare niente. Minimo quattro a due.

La cena era composta da sei portate, tutte cucinate da Gavino: due antipasti, un primo, tre secondi, un dolce, il tutto annaffiato con del buon tè bancha.

Primo antipasto: alga kombu con crema di tofu e un po' di seitàn, il tutto condito con abbondante tamari.

Secondo antipasto: alga kombu con seitàn e un po' di crema di tofu, il tutto condito con una spruzzata di tamari.

Primo: zuppa di alga kombu con due gocce di tamari

Secondi: medaglione di tofu, scaloppine al karma di seitàn, seitàn impanato con pastella di alga kombu e, «a chi piace», due gocce di tamari che «va bene su tutto».

Dolce: non ricordo, ma mi pareva che sapesse di alga kombu e tamari.

Dai secondi in poi, da quando cioè ho iniziato a parlare del mio incontro con Juan, non c'è stata più partita, Gavino ha dovuto subire e si è limitato a qualche blando tentativo di alleggerimento. In un'occasione, ad esempio, approfittando di una mia breve pausa dovuta alla masticazione di un alga difficile da deglutire, ha detto: «Scusate eh, scusa Andrea se t'interrompo, ma ne vogliamo parlare o no di queste scaloppine al karma di seitàn?», ma le donne, praticamente all'unisono, gli hanno risposto, senza nemmeno guardarlo in faccia e continuando estasiate a guardare me: «Sì sì, buone buone, ma ora stai un po' zitto e fai finire Andrea». Questo anche per dire che livelli di carismatica padronanza della scena avevo raggiunto e quanto fegato si stava rodendo Gavino. Tre serate così e doveva mettersi in lista per il trapianto.

Arrivati al dolce, quando ormai l'argomento «sciamano» era agli sgoccioli e io incominciavo a pensare a come introdurre il mio *Pellegrinaggio in oriente* (Herman Hesse è un mezzo pacco, ma se non hai letto almeno *Siddharta*, commesse, parrucchiere ed estetiste oggi come oggi te le puoi scordare. *Pellegrinaggio in Oriente*, invece, va bene per le segretarie, e per dare il colpo di grazia alle commesse) Gavino, con la forza della disperazione e in piena zona Cesarini, mi ha chiesto improvvisamente:

«Ma tu, Andrea, preferisci i piatti yin o i piatti yang?».

Bastardo, ho pensato. Domanda tosta, rara, infida. Quattro a tre solo per averla fatta. Se avessi mostrato indecisione o imbarazzo sarebbe passato in vantaggio lui e poi la partita sarebbe stata impossibile da recuperare. Ho notato che le donne mi osservavano con sguardo adeptico ma anche con una punta di maligna curiosità per vedere come me la sarei cavata. Momento topico della serata. Dire semplicemente i piatti yin o yang era chiaramente insufficiente, e poi avrei prestato il fianco a nuove domande più specifiche di Gavino. Così ho sorriso, chiuso gli occhi e annuito più volte con la faccia di uno che pensa «me l'aspettavo questa domanda», e nel sorridere, chiudere gli occhi e annuire più volte con quella faccia lì, mi sono venute in mente le uniche due cose che avevo letto sullo yin e lo yang nel pomeriggio: vale a dire le parole «unità degli opposti» e che si deve percorrere il «sentiero di mezzo», poi mi pareva di ricordare che uno rappresentasse il femminile e l'altro il maschile, ma non sapevo quale dei due fosse l'uno o l'altro.

«Vedi Caprone», ho risposto bluffando come uno che rilancia di un milione a poker con quattro quinti di colore in mano, «lo yin e lo yang sono espressione di *unità degli opposti*. Il vero taoista dovrebbe cogliere il senso di questa sublime unicità in tutte le cose. Per far questo però bisogna riuscire a percorrere il *sentiero di mezzo* e non è facile, specialmente qui, in Occidente. Ti potrei dire che anche nei cibi occorrerebbe percorrere il sentiero di mezzo, ma se tu mi chiedi cosa preferisco, allora io ti dico che preferisco i cibi yin, soprattutto perché probabilmente non ho ancora accettato del tutto la parte femminile della mia natura».

«Se non accetti la tua parte femminile allora *piacere ti dovrebbero* i piatti yang, perché yang *maschile è*», ha detto lui *sardo*nico.

«È qui che ti sbagli mio bel Caprone, proprio perché non ho del tutto accettato la mia parte femminile, preferisco i cibi, per così dire, femminili, lo yin deve venire fuori da qualche parte!».

Anni di discorsi alle donne basati sul niente sono venuti fuori in soccorso.

Caprone Maculato, data la sua completa ignoranza sul pensiero cinese, non ha potuto ovviamente controbattere, e così ha dovuto approvare con forzata ammirazione. Maria era in estasi. La casalinga reincarnata mi ha strisciato con voluttuosità il piede sulla gamba e anche più su. Cinque a tre.

X

Finita la cena ci siamo accomodati in salotto, e mentre sorseggiavamo un'imbevibile tisana di santoreggia (io veramente avevo chiesto un caffè, ma dato che i padroni di casa avevano finito quello solidale, niente caffè), ho introdotto l'argomento «*Feng Shui* e bioarchitettura», ho spiegato, cioè, con dovizia di particolari, quali fossero i modi migliori per mettere in armonica relazione gli spazi abitativi di ogni stanza con le regole dell'universo.

«Temo che questo appartamento non sia stato costruito secondo le regole del *Feng Shui*, o sbaglio?», ho detto sorridendo al termine della mia breve ma intensa disquisizione.

«Purtroppo non credo», ha risposto Consuelo prendendomi sul serio, «è una casa del Comune, però ho sempre pensato di ristrutturarla, un giorno, conosci mica qualche ditta?».

«Certo, sono un po' cari ma bravissimi, semmai quando decidi me lo fai sapere che ti do il numero… ti fai fare un preventivo… così, senza impegno, gli dici che ti mando io naturalmente, vedrai che ti trattano bene, sono amici… insomma… amici è una parola grossa, diciamo che ogni tanto mi chiedono dei pareri, pare che se mi concentro riesco a sentire se ci sono dei campi magnetici negativi, se volete possiamo provare, prendetelo come un gioco naturalmente, anche se devo dire che ci acchiappo abbastanza». Sparavo cazzate una dietro l'altra, così, senza ritegno, ormai.

«Uh sì, ti prego, sarebbe fantastico», ha trillato la casalinga reincarnata mentre Caprone faceva una smorfia di disgusto.

Così mi sono alzato, ho chiuso gli occhi, ho respirato due o tre volte profondamente, mi sono massaggiato un po' le tempie e coadiuvato dall'infallibile Bio Tensor ho dato dimostrazione dei miei poteri rabdomantici vagando per la casa come un sonnambulo per cogliere eventuali blocchi energetici. Ne ho trovato due, uno in cucina, vicino ai fornelli, ma questo me l'aspettavo, e un altro, molto intenso, nel bagno.

«Ecco perché sono stitico!», ha detto Caprone Maculato facendo l'occhiolino alle donne. Me l'ero cercata, ma stavo giocando bene e cercavo il goal di classe, quello che avrebbe chiuso la partita. Mi era andata male. Pazienza. Cinque a quattro. Ero sempre in vantaggio.

Però, inaspettatamente, Airone mi ha fornito un assist delizioso:

«È inutile che fai l'occhiolino, stitico lo sei veramente», ha detto in uno slancio di innocenza, o di subdola malizia.

E allora io sempre più compenetrato nel ruolo ho risposto che sì, che era proprio per quello, per via del blocco energetico, sottolineando il fatto che la sua attuale stitichezza poteva essere messa in relazione simbolica con le note modalità del loro primo incontro. Perché se la merda nel loro rapporto era sinonimo di trasformazione interiore ecco che la stitichezza poteva essere intesa come un blocco del loro processo di formazione spirituale. Un grido di dolore che, attraverso gli oscuri sentieri della psicosomatica, inconsapevolmente Gavino lanciava alla sua amata o forse a se stesso. Sei a quattro. Anzi no sette a quattro, da come le donne mi guardavano ammirate. Infatti, subito dopo le mie prestazioni rabdomantiche, la casalinga reincarnata non ha più resistito e mi ha chiesto se potevo fare con lei un rapidissimo salto in cantina per controllare se anche lì per caso non ci fossero state energie negative perché spesso il vino sapeva di tappo. Che fosse una scusa non avevo dubbi ma non mi aspettavo che mi aggredisse sessualmente con quella violenza. Io mi sono difeso, ma è stata dura, non mi mollava, ho dovuto usare la forza per scrollarmela di dosso, poi l'ho convinta con la diplomazia, le ho detto che uno dei prossimi pomeriggi l'avrei invitata a casa mia e avremmo fatto le cose con calma. Certo, l'idea di fare cornuto seduta stante Gavino mi allettava, ma in quel momento non me la sono sentita, e poi mi conosco, quando inizio inizio e la faccenda va per le lunghe, e quella sera dovevo dedicare tutto il mio tempo, e le mie energie, a Maria, che era rimasta sola con Gavino e la cosa non mi piaceva per niente.

Dopo la tentata aggressione sessuale e cinque piani di scale a piedi più i fondi, siamo ritornati a sederci in salotto dove ci aspettavano Gavino e Maria e abbiamo continuato a parlare ancora un po' di spiritualità, ma ormai io potevo dire qualsiasi cosa. Gavino era completamente fuori partita, non reagiva nemmeno più. Così, senza più alcun timore di essere contraddetto, ho continuato imperterrito a sparare cazzate misticofilosofiche con la stessa convinzione pensosa con cui le sparava Romano Battaglia al «Maurizio Costanzo Show» quando ancora avevano il coraggio di invitarlo. Abbiamo affrontato, tra gli altri, il delicato argomento della vita oltre la morte e in particolare quello degli spiriti guida. E io, che avevo letto *Conosci il tuo spirito guida. Diventa suo amico*, non ho avuto problemi, anzi. Airone e Caprone, hanno detto che alla comunità sottoterra un giorno, dietro lauto compenso, era venuta a fare una conferenza una sensitiva americana molto famosa che parlava con gli spiriti, così, come se parlasse col macellaio sotto casa. La sensitiva non si limitava a parlare con gli spiriti ma li vedeva anche, diceva che gli spiriti sono in mezzo a noi, per le strade, nei supermercati (ma non comprano), in macchina (ma non guidano) e sull'autobus (ma non pagano), e poi andava tra la gente che era lì a parlare con i morti che erano venuti alla conferenza. Pare ci fossero morti da tutte le parti e tutti si sbracciavano per comunicare con i loro cari, e lei, poverina, si dava un gran daffare per accontentare tutti. Diceva: «Vedo un signore sugli ottant'anni, più o meno, chi ha in famiglia uno morto a quell'età?». In dieci-dodici alzavano, piangendo, la mano, e allora la sensitiva sceglieva quella che piangeva di più, si avvicinava, la accarezzava e le comunicava, empatica, che dietro di lei c'era quest'uomo: «Suo padre! Mi sta dicendo che le vuole bene, che sta bene, e di non preoccuparsi che è felice». Incredibile, ci sono certe persone che hanno davvero dei poteri straordinari, devo ammetterlo.

Grazie a questa tipa sia Gavino che Consuelo erano entrati in contatto con i loro spiriti guida: lo spirito guida di Gavino era il bisnonno morto a settantacinque anni, lo spirito guida di Consuelo era una sorella della madre morta quando era piccola. L'unica cosa che non quadrava era che la madre di Consuelo non sapeva di aver avuto questa sorellina morta in tenera età, aveva sempre creduto di essere figlia unica, e purtroppo i suoi genitori erano morti anche loro e si erano portati nella tomba questo segreto tremendo, «l'unica speranza per conoscere la verità», ricordo che ha detto Airone, «sarebbe quella di scoprire di chi sono gli spiriti guida i miei nonni e chiederglielo direttamente a loro». In ogni caso, secondo me, avere come spirito guida un neonato non ti dà tanto affidamento. La sensitiva, dato che i sensitivi sono persone speciali e non possono avere come spirito guida un banalissimo parente, aveva detto che il suo era un capo indiano. Io, allora, quando ho sentito così, tanto per non essere da meno, ho cambiato in corsa spirito guida e invece di dire che era mio cugino ho detto che era un cow-boy.

«Un cow-booy?», mi ha domandato Gavino col sorrisetto guardando le donne.

«Certo, un cow-boy!!!, perché, un indiano va bene e un cow-boy no?», ho risposto io deciso e con un tono di sfida.

«No, è che mi pareva strano», ha ribattuto lui già più timido.

«Invece non è strano per niente, ci sono un mucchio di cow-boy che sono diventati spiriti guida se lo vuoi sapere, scusa eh Gavino, mi sa che tu non te ne intendi di spiriti guida».

«Infatti, lui parla perché c'ha la lingua in bocca, ma non sa niente di spiriti guida», è intervenuta Airone segnandomi un goal, «ma dicci dicci, dicci bene del tuo, piuttosto».

Così ho raccontato che il mio spirito guida era un portalettere del generale Custer (mi ricordavo di Dustin Hoffman che in *Piccolo grande uomo* faceva il portalettere del generale Custer) morto a Little Big Horn e che anch'io, non lo volevo dire, ma ero un po' sensitivo, e riuscivo a parlare col mio spirito guida, e che ogni tanto, non sempre, riuscivo anche a vedere i morti in giro per le strade (soprattutto nei week end, ma questo non l'ho detto). Poi però ho esagerato, mi sono esaltato, ho chiesto a Gavino se per caso aveva una macchina fotografica e dopo aver cercato di fotografare il mio spirito guida cow-boy (ma in quel momento non c'era, chissà dov'era, secondo me si vergognava o magari era andato in bagno) ho giocato il tutto per tutto e ho provato, seguendo le istruzioni del libro *Fotografarsi l'aura con l'autoscatto*, a fotografare l'aura alla casalinga reincarnata con la polaroid del marito. Ci credevo veramente, giuro, ero arrivato a una tale esaltazione mistica che credevo veramente di riuscirci, e sarebbe stata l'apoteosi. Purtroppo però non ce l'ho fatta e nella foto si vedeva soltanto quel botolo della casalinga reincarnata senza l'aura. Chissà come mai, forse perché nelle polaroid non c'è l'autoscatto. Peccato, rischiavo anche di perdere qualche punto. E mentre Gavino già sorrideva sarcastico, Airone mi ha salvato un'altra volta dicendo che in quel periodo si sentiva molto stanca e che probabilmente la sua aura era un po' debole.

«Niente paura, se vuoi ti posso curare l'astenia con i rapanelli, basta tagliarli a fettine circolari e posizionarli su determinati punti chakra. Certo, bisogna conoscere la medicina cinese», ho detto allora io con tono professionale.

«Sarebbe fantastico, ho sentito dire meraviglie sui rapanelli, ma non conoscevo nessuno che sapesse curare con i rapanelli, credo ci voglia molta energia *kundalini* per riuscirci».

«Kundaché?», mi è scappato.

«Kundalini! Ma come! Non sai cos'è il Kundalini?», ha subito mezzo urlato Gavino, raccogliendo le ultime forze.

«Ah, sì, certo, non avevo capito, scusa, mi ero distratto, io ho fatto due corsi intensivi di energia kundalini, ora ho tanta di quell'energia kundalini che se non curo qualcuno con i rapanelli almeno una volta alla settimana finisce che mi sento male io, sapete no che l'energia kundalini deve scorrere?». Maria ha fatto un mezzo sorriso perché non aveva capito se era una battuta o se lo dicevo sul serio (il mio tono era enigmatico), Gavino ha scosso appena la testa (come dire con questo qui non c'è un cazzo da fare), ha deglutito ed è tornato nell'ombra, Airone ci ha creduto e ha detto «Meraviglioso!». Così ci siamo messi d'accordo che un giorno di questi mi avrebbe telefonato e io l'avrei curata con i rapanelli. Sapevamo benissimo tutti e due in cosa consisteva la cura con i rapanelli.

Quest'ultima faccenda di curare Consuelo con i rapanelli non doveva essere tanto piaciuta a Maria perché subito dopo, anche un po' seccata, se n'è uscita dicendo che era meglio andare. Così, dopo qualche blanda insistenza di Caprone per farci rimanere ancora un po', mentre Airone mi mangiava con gli occhi, abbiamo salutato tutti, e io ho dato a Gavino una ricetta macrobiotica molto originale, che mi ero studiato a memoria nel pomeriggio, a base di alga kombu, tofu, seitàn e tamari. Lui non la conosceva, cioè, ha fatto un timido tentativo di dire che sì, gli pareva di conoscerla, ma Airone, perfida, l'ha subito ripreso dicendo che no, non la conosceva, che lui le uniche ricette macrobiotiche che conosceva erano quelle che aveva preparato quella sera. Nove a quattro e partita chiusa, e non ho avuto neppure bisogno di tirare fuori la faccenda delle formiche anche se mi era rimasta la curiosità. Così, in macchina, mentre stavo accompagnando a casa Maria, senza rivelare il particolare dello sterminio perché in fondo mi dispiaceva, le ho chiesto se era a conoscenza di questa idiosincrasia di Gavino per le formiche.

«Ehi Maria, scusa eh se ti faccio una domanda un po' strana, ma che tu sappia Gavino ha mica qualche problema con le formiche?».

«Sì, lo aveva, poverino, ma ora non più. Pensa che quando era piccolo per fargli uno scherzo i suoi amici lo hanno legato nudo a un albero e ce lo hanno lasciato tutto il pomeriggio, solo che quell'albero era tutto un via vai di formiche rosse, sai quelle tremende che danno certi mozzichi. Quando sono tornati a slegarlo lui era massacrato dalle formiche, ce le aveva da tutte le parti, perfino nel naso... perfino nel pisello! Però oh, mi raccomando, non dirglielo che te l'ho detto, io l'ho saputo da Consuelo. Pensa che questo è stato un grosso problema per la coppia perché lui tutte le formiche che vedeva le schiacciava e naturalmente Consuelo andava in crisi, ma poi grazie al taoismo e anche grazie a un grosso lavoro con uno psicologo che è specializzato proprio sulle formiche mi ha detto Consuelo che adesso Gavino le ama».

Alla faccia dell'amore, ho pensato.

Siamo arrivati sotto casa di Maria che saranno state le dodici e mezza. Siamo rimasti ancora un po' lì, in macchina, a chiacchierare di spiritualità mentre la musica new age impazzava nell'abitacolo, e poi, dopo esserci scambiati i numeri di telefono, ci siamo salutati. Io mi sono avvicinato e le ho sfiorato le labbra e lei si è attaccata a ventosa. Ci siamo baciati in modo deciso e passionale.

Maria dopo il bacio, come in estasi, mi ha detto se volevo salire a casa sua a bere una tisana e a fare ancora due chiacchiere.

Conosco le donne, sapevo benissimo che, nonostante l'estasi temporanea, Maria era una difficile, sapevo benissimo che voleva veramente bere una tisana e solo l'idea mi faceva vomitare, sapevo benissimo che avremmo parlato poi per due ore di spiritualità e io della spiritualità per quella sera non ne potevo più, sapevo benissimo che era solo questione di tempo, di poco tempo. E io sono uno che sa aspettare.

Allora sono uscito momentaneamente di scena nel modo più spettacolare possibile e le ho detto:

«No Maria, meglio di no, anche a me piacerebbe ancora parlare con te, ma è meglio che vada, fidati. Non lo so nemmeno io perché ti dico questo, ma credo proprio che sia giusto così. Avremo tempo per parlare e io ho come la sensazione che non dobbiamo dirci troppe cose in una volta sola. E poi, forse, finiremmo per fare l'amore, ma è presto, solo con una conoscenza più approfondita potremmo canalizzare meglio l'energia che sentiamo. Vedi Maria, forse sarò un uomo all'antica, o troppo romantico, non so, ma per me sesso e amore sono inscindibilmente legati, non potrei mai fare l'amore con una donna se non sono innamorato di lei, e anche se mi sembra di conoscerti da sempre, anche se mi sembra perfino di amarti, chissà, forse perché ci siamo amati in un'altra vita, è davvero troppo presto, credimi. Questa potrebbe diventare una storia importante, voglio che sia tutto bellissimo».

Lei mi ha guardato languida, mi ha dato un bacio leggero sulla bocca e mi ha detto: «Che uomo fantastico sei», ed è scappata via che quasi piangeva.

Tornando verso casa molto soddisfatto per come era andata la serata, mi sono fermato a farmi un panino al tonno e cipolle al chiosco *sempreaperto* del mio amico Vincenzo Guastella meglio conosciuto come Ditasudicie in quanto ha delle dita che sembrano dei cetrioli con un bel sottounghia nero nero. Naturalmente guai a chiamarlo Ditasudicie perché altrimenti si rischia la vita (lui è enorme), ma tutti, dico tutti, quando parlano tra loro lo chiamano Ditasudicie: «Cosa dici, nella pausa andiamo a farci un Foresta Nera da Ditasudicie?», oppure «Ciao, sto arrivando, sono andato da Ditasudicie a farmi un panino veloce e poi sai com'è... comunque dieci minuti e sono lì, ti saluto che ho la batteria scarica» ecc. ecc. Il suo chiosco è a Caricamento, tra i vicoli e il porto, per intenderci (citando gli unici due nomi di Genova conosciuti oltre alla Lanterna e al pesto), ed è frequentato da gente di ogni tipo attirata dalla bontà e dalla incredibile varietà dei panini di Ditasudicie: dal *cammallo* al manager, dall'impiegato della city all'operaio della metropolitana, dal turista con famigliola al seguito e cappello a forma di delfino che quando tiri la cordicella si muovono le pinne reduce dall'Acquario al balordo reduce da uno scippo (magari, speriamo, proprio al turista con cappello a forma di delfino che quando tiri la cordicella si muovono le pinne). Dalle dieci di sera in poi la clientela cambia decisamente e si materializzano dall'oscurità dei vicoli malavitosi di secondo livello, puttane di terza scelta e travestiti di quarta categoria, ma anche gente normale... insomma quasi: dall'extracomunitario bravo senza permesso di soggiorno sempre in paranoia che lo fermino all'extasyato da fine discoteca che si mangia otto panini, dalla badante latinoamericana con fidanzato italiano sessantenne con riporto alla coppia omosessuale clandestina che fa finta di non conoscersi (lei è un trans lui un noto giornalista televisivo), dal gruppetto di fighetti della Genova bene in trasferta ai gabibbi di periferia in trasferta anche loro, e naturalmente da tutti quelli che perfino a notte inoltrata vogliono farsi un panino come dio comanda. Gli unici che devono girare alla larga sono i tossici perché Ditasudicie non li vede di buon occhio.

In piedi che mangiava un panino alle sarde crude c'era Saro, un manovale siciliano ortodosso alto un metro e cinquantanove identico a Tiberio Murgia, detto Ferribotte nei *Soliti ignoti*, anzi non è escluso che sia un suo lontano parente perché di cognome fa Murgia anche lui. Con Saro, nonostante a quel tempo non fossimo ancora diventati amici, ogni tanto scambiavo qualche parola, intendo dire proprio qualche parola perché lui, in italiano, di parole ne conosce solo una trentina, in compenso parla a raffica in comisano arcaico, ma solo con Ditasudicie che è suo *paesano* e traduttore ufficiale, con tutti gli altri si esprime in una lingua mista italiano-siciliano caratterizzata dall'essenzialità delle frasi.

Saro Murgia svolge un ruolo importante in questa drammatica vicenda che mi è capitata, quindi è bene che accenni qualcos'altro di lui anche se, essendo un Vero Personaggio, per quanto mi sforzi di descriverlo non riuscirò mai a renderlo come in effetti è, comunque spero che i fatti possano parlare per me.

Saro è un cosiddetto uomo di panza (ma anche Ditasudicie lo è), ha quarantaquattro anni, è scapolo, ha la prima elementare, ma è un uomo saggio e informato su tutto. Ha fatto dei sacrifici e ha imparato a leggere e a scrivere in italiano (in dialetto scrive da dio) grazie ai corsi per corrispondenza della mitica scuola Elettra di Torino e si è perfezionato guardando le repliche di «Non è mai troppo tardi» alla televisione. È amico intimo di Ditasudicie, tra i due Saro è la mente e Ditasudicie il braccio, ma anche qualcosa di più: «*Un jouer de l'ombre*», direbbero i francesi, un mediano di fatica ma indispensabile al centrocampista dai piedi buoni, e si intendono con uno sguardo. Quando Saro non lavora, cioè piuttosto spesso, staziona davanti al suo chiostro intrattenendo i clienti e fumando sigarette con del tabacco pestilenziale che si prepara da solo. A causa di questo suo vezzo ha l'abitudine di sputare per terra ogni tanto. All'inizio ciò era dovuto al fatto che rollandosi le sigarette spesso qualche pezzettino di tabacco gli finiva tra i denti, ma poi ha preso il vizio e adesso sputa per terra anche quando non fuma, talvolta per dare più enfasi a qualche sua lapidaria affermazione che a quel punto diventa una sentenza inappellabile.

Ricordo che appena Saro mi ha sentito ordinare il panino, scuotendo la testa, ha detto qualcosa in dialetto.

Saro è un maestro di vita, quando parla bisogna starlo a sentire.

«Che c'è che non va?», ho chiesto allora io, preoccupato, rivolgendomi a Ditasudicie.

Ditasudicie, ha subito tradotto dicendo che a Saro il panino che avevo appena ordinato gli sembrava un po' leggerino, che lui ci metterebbe anche qualche cappero di Pantelleria, due pomodori sott'olio, delle olive nere siciliane piccanti schiacciate, e magari anche una sarda cruda *cunzata* che gli da il «tocco», e che io di panini non capivo un cazzo. Una doverosa precisazione: Ditasudicie, essendo venuto nel continente più di vent'anni fa (due anni di alberghiero a Catania poi, causa plurime bocciature, bersagliere ad Albenga come addetto al servizio mensa con conseguente permanenza al nord) è padrone della lingua e ha preso perfino una pseudocadenza genovese di basso profilo suggestivamente contaminata da quella meridionale e volutamente arricchita da termini dialettali, ma solo nei casi in cui il vocabolo italiano risulti meno efficace di quello siciliano. Infatti quel *cunzata* non mi era chiaro, così ho chiesto delucidazioni.

«Sarda cruda come?».

«*Cunzata*... semplicissima, una sarda fresca, che tra l'altro le ho prese stamattina al mercato del pesce che si muovevano ancora, diliscata e condita con un filo d'olio, un pizzico di origano e molto peperoncino del *nostro*, come quelle che sta mangiando lui». E Saro facendo un mezzo inchino ha aperto il suo panino e me le ha fatte vedere, devo dire non un bello spettacolo.

«Ummh, non so, va bene per tutto il resto ma niente sarda cruda, non mi ispira tanto», mi sono permesso di dire, timidamente.

Saro ha scosso ancora la testa e ha sputato per terra.

«OK, OK, come non detto, con la sarda cruda».

Infatti il panino che mi ha preparato Ditasudicie con la grazia di Rachmaninov quando suonava il piano, era buonissimo, molto meglio che con solo tonno e cipolla, e la sarda cruda *cunzata* gli ha dato veramente «il tocco».

Mi sono scolato due birre, ho fumato quattro sigarette, ho salutato riconoscente Saro e me ne sono andato a dormire sereno. Anche un po' appesantito in verità, probabilmente a causa della cucina macrobiotica.

XI

Il giorno dopo, domenica, verso le nove mentre dormivo alla grande ha squillato il telefono: Maria.

Io avrò risposto come minimo al decimo squillo.

«Stavo buttando giù, ti ho disturbato? Dormivi?».

«No, ma stai scherzando? Sono sveglio dalle sei, tutte le domeniche mattina, quando non lavoro, guardo l'alba; sai, faccio il saluto al sole. Se vuoi un giorno possiamo farlo insieme».

«Sarebbe bellissimo. Anch'io sono sveglia dalle sei, ti pensavo. Che serata incredibile mi hai fatto passare ieri, sei stato davvero fantastico, e poi volevo ringraziarti».

«Di che?».

«Mah, di tutto, e specialmente di non averne approfittato, non so cosa sarebbe successo se fossi salito a casa mia ieri sera».

Ho avuto come un mancamento.

«Cioè, cosa sarebbe successo?».

«Non fare l'ingenuo dai, che non lo sei, sei un galantuomo invece, davvero, grazie».

Non ho voluto approfondire, anzi, per evitare di rovinarmi la giornata, mi sono convinto che Maria dicesse così, tanto per dire, ora che il pericolo era passato.

«Ascolta», ha continuato, «sei libero oggi?».

«Mah, veramente dovrei andare a pranzo dai miei, mia madre ha fatto le cotiche di maiale con i fagioli».

Era vero, e non vedevo l'ora di mangiarle, solo che con la mente ancora distratta da quella faccenda di prima avevo fatto un errore madornale.

«Le cotiche di maiale? Ma...».

«Infatti», mi sono affrettato a rispondere per salvare il salvabile, «io non le mangio, figurati, ma quando mia madre fa le cotiche di maiale voglio esserci anch'io per evitare che ne mangino troppe loro. Specialmente mio padre. E poi così ne approfittavo per fare un po' di digiuno, sai il digiuno rigenera... e poi tra pochi giorni è Natale... non ci voglio pensare guarda, immagino già le lotte che dovrò fare con mia madre e tutti gli altri parenti per riuscire a mangiare solo verdure. Ma dimmi, piuttosto, cosa c'è, vuoi andare da qualche parte? Vuoi che venga a casa tua, tanto ti puoi fidare ormai, no?».

«Sì, certo, ma no... pensavo che magari ti andava di fare una gita, hai visto che sole? Non è neppure freddo... sono già quindici gradi... non lo so potremmo andare... che so, un po' in campagna, sempre se ti fa piacere naturalmente».

«Certo che mi fa piacere, conosco un posto dove ci sono dei prati bellissimi. Hai mai passeggiato a piedi nudi sui prati coperti di brina?».

«No... mi pare di no».

«Ah, non c'è niente di più bello che camminare a piedi nudi su un prato coperto di brina, sai il piacere delle piccole cose».

«Ho tanto da imparare da te Andrea».

«E io voglio insegnarti. Senti, dammi un'ora, il tempo di fare la doccia e un po' di yoga veloce, e sono da te, ok?».

«OK, al mangiare ci penso io, così facciamo un picnic, va bene?».

«Va bene, ma mi raccomando eh, niente insaccati».

«Figurati, preparo dei panini integrali al tofu e da bere tè bancha, ti va bene?».

«Sì, perfetto», ho risposto con un filo di voce e le lacrime agli occhi.

«Allora OK, però... ascolta Andrea, ci sarebbe un'altra cosa... te l'avevo detto che ho un cane?».

«Un cane? No, non me lo avevi detto...». Ci mancava anche il cane, ho pensato.

«Ti piacciono i cani vero?».

«Amo i cani, ho sempre avuto cani in vita mia, l'ultimo è stato un pastore tedesco che mi è morto nove mesi fa... sì, tra due giorni fanno proprio nove mesi, non farmici pensare che se no mi viene da piangere». Mai avuto un cane, naturalmente.

«Oh poverino, ci stai male vero?».

«Male? È come se mi fosse morto un fratello».

«Ti capisco, è successo anche a me con quello che avevo prima, pensa che sono stata tre anni senza cani perché non ce la facevo ad averne un altro».

«Eh lo so, anch'io starò come minimo tre anni senza cani».

«Comunque non ti dispiace se porto il mio, così corre un po'».

«Perché dovrebbe dispiacermi, anzi! Che cane è?».

«Oh, è una femmina, è dolcissima, ha solo otto mesi ma è già bella grossa, è un golden retriever».

Golden retriever! Un mio amico, vent'anni fa, aveva un golden retriever ed è il cane che perde più peli al mondo, l'unica volta che quel cane è salito sulla mia macchina, poi ho tolto peli per un anno.

«Un golden retriever! Che meraviglia, un mio amico aveva un golden retriever... e come si chiama?».

«Si chiama Krishna».

«Ma va? Nooo, non ci posso credere, ma lo sai come si

chiamava il mio?... Ari! Ma pensa te a volte nella vita, il mio Ari e il tuo Krishna, è un segno del destino secondo me, chissà, forse è stato Ari che da lassù... Non vedo l'ora di *conoscerlo*, l'unico problema è la macchina, sai, il portabagagli della Porsche è quello che è».

«Il portabagagli? Ma cosa stai dicendo? Non lo vorrai mica mettere nel portabagagli?».

Perché, ho pensato, i cani non si mettono nel portabagagli? Quel cane là lo avevamo messo nel portabagagli, c'eravamo imboscati con due tipe e il cane l'avevamo infilato nel portabagagli della Simca. Che c'è di strano?

Comunque mi sono salvato così:

«Ma cos'hai capito, ti sembro il tipo che mette un cane nel portabagagli? Al cane non ci pensavo nemmeno più, se vuoi lo mettiamo davanti, anzi se vuoi lo faccio guidare. No, scherzi a parte, intendevo la roba per il picnic e tutto il resto, non portare sedie e tavolini mi raccomando».

«Ah no, figurati, porto solo un cestino per i panini e semmai un plaid».

«Ecco sì, un plaid, così ci stendiamo».

«No, veramente dicevo per Krishna, sai perde un po' di peli, non vorrei che ti sporcasse la macchina».

«Oh! figurati, che saranno mai quattro peli di cane, non ti preoccupare, comunque vabbè, porta pure un plaid per Krishna... ma lo sai che questa faccenda che lo hai chiamato Krishna... Ti posso dire una cosa? Forse Krishna potrebbe colmare il vuoto che Ari ha lasciato nel mio cuore. Sento che le voglio già bene».

«E sono sicura che anche lei ne vorrà a te, Krishna ha come un sesto senso per le persone che amano gli animali».

Allora mi morsica subito, ho pensato.

Stenderò un velo pietoso su quella maledetta domenica.

Peli da tutte le parti. Freddo. I panini che facevano schifo.

Quel *belin* di cane che mi ha vomitato in macchina e io che ho dovuto far finta di essere preoccupato per lui, ancora un po' e gli tenevo una mano sulla fronte. E meno male che ha vomitato, perché così, con la scusa «che patisce», mentre tornavamo a casa ho convinto Maria a non portarlo più quando uscivamo in macchina, e nemmeno quando uscivamo a piedi perché le ho detto che non me la sentivo:

«Non te la senti di uscire con Krishna, come sarebbe a dire?».

«Vedi Maria, non sono ancora pronto, oggi ho capito che non sono ancora pronto, mi sembra di tradire la memoria di Ari se sto con Krishna, se mi affeziono a lei come sento che mi potrei affezionare. Sai, prima mi venivano in mente tutti i bei momenti in cui giocavo con lui e ora ci sto male. Negli occhi di Krishna vedo gli occhi di Ari, anzi, non te lo volevo dire perché magari... sai... potresti pensare che... hai detto che Krishna ha otto mesi no?... ecco... non so come dirtelo ma ho la sensazione che Krishna sia la reincarnazione di Ari, lo so è tutto così assurdo... io te Ari Krishna, ma c'è qualcosa in Krishna, non so, il suo modo di scodinzolare, di correre, di abbaiare che è *identico* a quello del mio Ari e questo per certi versi mi fa stare ancora più male. Scusami ma sono fatto così, dammi solo un po' di tempo».

«Tu sei *troppo* sensibile Andrea, guarda che ad essere così sensibili poi nella vita si soffre».

«Lo so, Maria, ma non ci posso fare niente».

Naturalmente quel giorno ho fatto provare a Maria il piacere delle piccole cose: abbiamo camminato davvero a piedi nudi sui prati coperti di rugiada, purtroppo però siamo arrivati alle undici di mattina e rugiada non ce n'era più, solo all'ombra vicino a un albero, ma a giudicare dalla puzza che avevo sotto i piedi, quella più che rugiada doveva essere pipì di cane, cioè pipì di Krishna.

XII

Che Maria fosse una donna difficile lo avevo capito subito, che forse avevo perso l'attimo, pure, ma che dovessi passare le successive quattro settimane da mistico esaltato per andare finalmente a meta non l'avrei mai immaginato.

Comunque ho passato veramente le quattro settimane più spirituali della mia vita, neanche ai tempi del catechismo ero così compenetrato nella spiritualità.

Innanzitutto, a parte il misticismo, abbiamo mangiato sempre verdure *rigorosamente* biologiche che compravo dal fruttivendolo sotto casa (facendo bene attenzione a scegliere quelle dall'aspetto più malandato) e che tiravo fuori davanti a Maria da alcuni sacchetti di Natura Sì che mi ero procurato per l'occasione. Sulla frutta, poi, tipo banane, arance ecc. ecc., per rendere ancora più credibile la messinscena appiccicavo etichette riciclate degli stessi prodotti che avevo acquistato nell'unica volta in cui con Maria eravamo andati a far la spesa nel negozio di Sandra. Inoltre ci siamo sbizzarriti nella preparazione di un'infinità di ricette macrobiotiche creative, una vera *nouvelle cousine* della cucina alternativa. Solo la sera di capodanno, che ho insistito per passare romanticamente da soli io e lei a casa mia nella speranza che almeno quella notte, con la faccenda che chi non scopa a capodanno ecc. ecc., sono riuscito a contrabbandare, grazie alla solita manipolazione delle etichette, un saporitissimo cotechino Citterio per cotechino di tofu che ovviamente abbiamo cucinato con delle lenticchie biodinamiche riciclate.

Quella sera, dopo il brindisi con spumante biologico, ci sono andato vicino, ma all'ultimo momento, nonostante il proverbio, Maria mi ha detto di no.

Naturalmente quando ero solo mi facevo delle sonore scorpacciate di cibi transgenici e ad alto contenuto di colesterolo, e il giorno di Natale, dai miei, mi sarò spazzolato due tacchini farciti e due zamponi da solo. A casa mangiavo tutto quel che mi capitava a tiro purché non fosse biologico, macrobiotico o biodinamico, cosa assai difficile però, perché, per non tradirmi con Maria, avevo riempito il frigo di tutte quelle schifezze. Così ero costretto a nascondere scatolette di Simmenthal, intingoli vari e quant'altro non si deteriorasse nei posti più improbabili. Ricordo che una notte, in preda a una preoccupante crisi bulimica, mi sono mangiato una bella pepata di cozze (che avevo nascosto nello sciacquone del cesso) e un intero salame calabrese (che tenevo dentro la manica di un cappotto appeso nel guardaroba) e poi, come se non bastasse, con le ultime fette di salame, dato che non avevo pane, ho fatto la scarpetta nel sugo delle cozze. È disgustoso, lo so, oggi me ne vergogno, ma provate voi a mangiare tofu e alghe kombu per quattro settimane di fila e poi ditemi se non trovate cozze e salame un accostamento appetibile.

A cena fuori l'ho portata una volta sola, anche perché, con questo delirio che eravamo vegetariani, nei ristoranti normali lei non ci voleva andare, e io di buttare dei soldi per mangiare dell'insalata non ci pensavo nemmeno. A dire il vero una sera tra Natale e Capodanno siamo andati a Portofino, dal Portico, un delizioso ristorantino un po' nascosto a lato della mitica piazzetta dove cucinano delle impareggiabili lasagne al pesto e delle morbidissime seppie in umido con carciofi e patate e dove sono amico di tutti perché ogni volta che voglio stupire una donna la porto lì, da vent'anni ormai, ma quando Luis, il miliardario e trafelato padrone del locale, mi ha visto alzarmi sbraitando e minacciando denuncie, mi sono vergognato di me stesso.

La sera prima avevo telefonato per prenotare:

«Pronto Luis, ciao sono Andrea».

«Ehi Andrea, come va?».

«Diciamo bene e tu?».

«Be', insomma, non mi posso lamentare, si lavora, come al solito... *a proposito*, l'ultima era davvero notevole».

«L'ultima? (non mi ricordavo chi fosse l'ultima che avevo portato da Luis, poi mi è venuto in mente)... ah sì, be', insomma, non mi posso lamentare, si lavora, come al solito... *a proposito*, hai un tavolo per due per domani sera?».

«Un attimo che guardo... Sì, a che ora?».

«Otto e mezza... però fammi un piacere, fai finta di non conoscermi».

«Come faccio finta di non conoscerti? Cos'è, sei in incognito?, qualche marito geloso?».

«Ma no... magari... è una storia lunga, a 'sta qui ho raccontato che sono vegetariano e che nei ristoranti normali non ci vado, poi ti spiego meglio».

«Tu vegetariano?».

«Sì, io vegetariano, te l'ho detto è una storia lunga, tu pensa a non conoscermi».

«Come vuoi, non ti ho mai visto, tranquillo».

«Ecco bravo, ciao a domani».

«Ciao, posso scrivere Zanardi sul foglio da mettere sul tavolo o nemmeno quello?».

«No no, scrivi pure Zanardi, però non mi hai mai visto intesi?».

«Intesi, a domani, ciao».

La sera dopo, appena entrato, con la scusa di chiedere il tavolo mi sono fiondato da Luis e gli ho ricordato di far finta di non conoscermi e di dirlo anche a tutti i camerieri. Luis, dopo aver radiografato Maria e avere bisbigliato un «però!», mi ha sussurrato di stare tranquillo e che mi avrebbe servito lui, che la scena di me vegetariano non se la sarebbe persa per tutto l'oro del mondo.

Quando è venuto al nostro al tavolo mi ha chiesto, divertito e complice:

«È la prima volta nel nostro locale, signori?».

«Sì», ha trillato Maria.

«Allora cosa ne dite di assaggiare il nostro antipastino?», e Maria: «Cosa c'è nell'antipastino?».

«Insalata di polpo, tonno e spada affumicati, muscoli gratinati». A me scendeva già l'acquolina in bocca come al cane di Pavlov.

«No grazie, siamo vegetariani», ha detto Maria mentre io annuivo serio, «non mangiamo né carne né pesce, ci dispiace».

«Sì, vabbè, ma i muscoli...», ha cercato di dire Luis.

«I muscoli sono creature viventi!», l'ha interrotto stizzita Maria e ha aggiunto, «diglielo anche tu Andrea».

«Che cosa gli devo dire?», le ho chiesto incredulo.

«Che i muscoli sono creature viventi».

«Eh infatti, i muscoli sono creature viventi», ho detto rassegnato.

«Ma allora anche un carciofo, *scusi*, è una creatura vivente», mi ha risposto Luis sperando forse di fare del bene.

E mentre io stavo per dargli ragione sperando in un bel piatto di muscoli gratinati è intervenuta Maria:

«Sì, ma il carciofo mentre lo cuoce non soffre, lei non ha

mai pensato a come devono soffrire i muscoli quando li butta in pentola?».

«È sicura? Non credo che i muscoli abbiano terminazioni nervose», ha insistito Luis. Io l'ho guardato come a dire: «piantala lì, tanto questa non la convinci» e gli ho detto, troncando il discorso:

«E allora secondo lei perché si aprono? No, mi dispiace noi non mangiamo muscoli».

Luis, professionale e astuto, ha capito l'antifona e ha detto:

«Be', forse ha ragione, non ci avevo pensato, allora l'unica cosa che vi posso consigliare sono le nostre lasagne al pesto».

«Vada per le lasagne!», ho quasi urlato io prima che il discorso prendesse di nuovo una brutta piega, «a me porzione doppia», in fondo sapevo già che alla Buridda di seppie avrei dovuto rinunciarci, ma una doppia lasagna me la sarei spazzolata volentieri.

«Anche per lei signora?».

«Sì, grazie», ha detto Maria mentre Luis e io tiravamo un impercettibile sospiro di sollievo.

«E da bere?», ha chiesto Luis.

«Per me acqua non gasata», ha detto Maria.

«E per lei signore?», mi ha chiesto enfatizzando un po' il «signore».

Potevo accontentarmi di bere anch'io dell'acqua ma visto che Maria stava cercando qualcosa nella borsetta gli ho schiacciato l'occhio e gli ho domandato.

«Avete del vino biologico?».

«Certo, il vino della casa è un Pigato biologico, buonissimo».

Sei un grande ho pensato. «Perfetto, allora, mezzo litro di vino della casa».

Poi, mentre Luis se ne stava andando e io pregustavo la mia doppia porzione di lasagne, Maria l'ha richiamato:

«Scusi, ma il basilico che usate per il pesto è biodinamico vero?». Gliel'avevo detto io, a Maria, che il pesto era biodinamico, prima di entrare le avevo raccontato, visto che lei era recalcitrante ad andare in un ristorante che non fosse macrobiotico, che facevano le lasagne al pesto migliori della Liguria di levante e che al telefono mi avevano assicurato che il basilico era biodinamico, biologico no, altrimenti si sarebbe insospettita perché mi ero documentato e d'inverno il basilico biologico non c'è, ma biodinamico sì; mai avrei pensato che glielo chiedesse anche lei.

E qui Luis, facendo un errore imperdonabile, dovuto probabilmente al fatto che non sapeva neppure cosa volesse dire «pesto biodinamico», ha detto:

«Veramente no, ma lo facciamo arrivare direttamente da Prà, comunque, è il migliore che si possa reperire sul mercato».

Maria mi ha guardato e mi ha detto: «Ma Andrea!».

E io allora, incazzato: «Come non è biodinamico? Al telefono quando ho prenotato mi avevate detto che lo era, c'è da non crederci, è scandaloso!, una vergogna! Ma non finisce qui».

«Andiamocene!», ha detto Maria.

«Andiamocene?, come andiamocene?», ma mentre lo dicevo avevo già realizzato che ormai era l'unica cosa da fare. E così ho continuato, con la morte nel cuore, dicendo:

«Certo!, andiamo via, e in questo ristorante non ci metteremo più piede».

Luis allora, per tentare di recuperare, facendomi una smorfia come a dire: «Che cazzo ne sapevo che mangi solo il pesto biodinamico, avvisami no?», ha farfugliato:

«Mi dispiace, emh... è vero, di solito serviamo solo pesto... emh... biodinamico, ma purtroppo è finito».

E Maria: «Ah non ci interessa, Andrea diglielo anche tu», e io, laconico: «Non ci interessa».

Così ci siamo alzati e siamo andati via… e mentre Luis mi guardava come se fossi un malato di mente, io mi inebriavo col soave profumo del pesto che esalava il suo ultimo respiro dai piatti degli altri clienti prima di essere mangiato. Non da me, purtroppo.

Così quell'unica volta siamo andati con Gavino e sua moglie Consuelo al ristorante giapponese. Gavino, sostenendo che l'unico ristorante giapponese di Genova era «troppo normale», aveva prenotato al ristorante giapponese più prestigioso di Milano dove, secondo Gavino, «il cibo era religione, tradizione, arte», invece secondo me era una schifezza perché così male non ho mai mangiato in tutta la mia vita, peggio che alla cena macrobiotica.

Alle sei di pomeriggio del giorno della Befana, non senza qualche difficoltà, sono saliti tutti sulla mia Porsche e, stretti come delle sardine, siamo partiti alla volta di Milano, senza che nessuno, con la storia che avevo il Telepass e già fatto il pieno, abbia tirato fuori una lira… vabbè, un euro.

Per trovare il ristorante, seguendo le confuse indicazioni di Gavino, abbiamo impiegato un'ora, così siamo arrivati fuori tempo massimo di dieci minuti (bisognava essere lì a quell'ora e non si poteva sgarrare) e non volevano più farci entrare, ma poi, grazie agli sguardi languidi di Consuelo, alle insistenze di Gavino e ai dieci euro che ho messo in mano al cameriere, siamo entrati.

Appena ci siamo seduti ci hanno portato un piattino con un panno sottile sottile caldo e umido. Io ero terrorizzato dall'idea che quello fosse l'antipasto, invece, per fortuna, quando Caprone, per far credere che se ne intendeva, stava per mangiarlo davvero, quelli al tavolo di fianco al nostro, dei giapponesi veraci, ci si sono asciugati la faccia, le mani, e uno anche le ascelle. Sembra che in Giappone si usi così, invece di andare in bagno a lavarsi le mani ci si fa questa bella strofinata a tavola.

Ci hanno servito un'infinità di scodellette improbabili con dentro brodaglie dove galleggiavano alghe, funghi e roba strana, la famigerata zuppa *wakamejro* a base di tofu, e poi il famoso sushi. Maria non voleva mangiarlo, naturalmente, ma poi se l'è spazzolato tutto dicendo che faceva uno strappo alla regola vegetariana solo per rispettare la tradizione del «sacro popolo giapponese», e io, che le avrei dato due sberle, ho annuito compiaciuto. Dopo il sushi ci hanno portato il sashimi, che sarebbe sempre pesce crudo solo che te lo tagliano davanti. Il cameriere, che era vestito da sacerdote scintoista, per tagliare 'sto povero pesce ha fatto una scena che nemmeno fosse stato un chirurgo che doveva operare a cuore aperto. Caprone ha detto che quello era un rituale millenario, che in quei gesti c'era tutta la filosofia zen, ma secondo me se ti danno da mangiare del pesce crudo che, diciamoci la verità, essendo appunto pesce crudo non è che ci voglia una gran scienza a cucinarlo, se non fai almeno un po' di scena come giustifichi poi che costa quello che costa? Allora tanto vale che vai al mercato, ti compri un cefalo e te lo mangi. In ogni modo, se devo dire, le sarde crude di Ditasudicie erano meglio.

Insomma, morale della favola: ho mangiato male che più male non si può, ho dovuto sorbirmi tutte le puttanate che sparava Caprone, e ho speso anche una cifra, perché i ristoranti giapponesi non sono come quelli cinesi dove mangi male ma spendi poco, lì mangi male e ti spellano. Tralascio di raccontare i patetici tentativi di quei tre di mangiare con i bastoncini; io, invece, me la sono cavata piuttosto bene perché mi ero allenato nel pomeriggio con le olive ascolane.

Per quanto riguarda invece il sofferto percorso spirituale abbiamo sperimentato le tecniche più sofisticate, grazie alle quali ho condotto Maria attraverso gli oscuri sentieri che aprono le porte alla vera liberazione dello spirito.

Abbiamo frequentato luoghi ameni praticando il Tai Qi, che sarebbero quei movimenti lenti e flessuosi, come una specie di karate alla moviola, solo che a me veniva voglia di farli veloce.

Abbiamo letto insieme un manuale globale di sesso tantrico, ma quando le ho proposto di provare alcuni esercizi Maria mi ha detto che prima della pratica occorreva finire la parte teorica di trecento pagine!

Le ho raccontato centodue storie zen. Una me la sono inventata io (quella di un monaco che stava seduto sulla riva di un fiume ad aspettare che passasse il cadavere del nemico e che, nonostante il misticismo, si scopava tutte quelle che gli capitavano a tiro, ma solo se erano ancora vive. In pratica una rivisitazione in chiave zen della vecchia cara massima occidentale «basta che respirino»).

Le ho guarito un fastidioso mal di schiena con i rapanelli. Dopo la prima seduta «stava già meglio», dopo la seconda «le era quasi passato», alla terza seduta «era guarita del tutto». A proposito, ho guarito l'astenia anche alla casalinga reincarnata, ma lì è bastata una sola seduta e un solo rapanello.

Abbiamo trascorso ore interminabili sotto una piramide di rame acquistata per novantanove euro e novantanove centesimi (quindi molto meno che cento euro) a una televendita notturna con in regalo allegata una piccola mummia di plastica di Ramses II e due orologi e due pentole e una radio ma solo alle prime dieci telefonate.

Ho tracciato a Maria il quadro astrologico-karmico dal quale si evinceva chiaramente che lei avrebbe fatto l'amore con un uomo che corrispondeva con esattezza alla mia descrizione, ma Maria ha creduto di vedere il simbolo dell'attesa.

Ci siamo cimentati, non senza qualche perplessità, in un cammino iniziatico sui carboni ardenti, ma dato che in casa non avevo legna ho dovuto usare la carbonella, quindi, a dire il vero, abbiamo camminato sulla carbonella ardente che fa un po' meno male anche perché, essendo quasi impossibile accendere la carbonella, abbiamo camminato sulla carbonella praticamente spenta.

Ho eseguito su Maria l'ipnosi regressiva estrema per scoprire le sue precedenti vite, intramezzandola con esercizi di *Rebirthing*, una tecnica ipnotica che consente di rivivere le sensazioni sepolte nell'inconscio al momento del parto, così Maria ha superato tutto d'un colpo il trauma di più nascite.

Siamo diventati tutti e due *Avatar* grazie a un corso per corrispondenza per diventare *Avatar*: «Diventa anche tu un *Avatar*, un essere illuminato che sceglie di vivere un'esperienza terrena e scopre l'immensa forza che è in lui». Dopo il corso però ero così forte che se aprivo una porta mi rimaneva la maniglia in mano, così ho dovuto telefonare al numero verde per farmi spedire un nuovo corso intensivo, molto più caro, su «Come controllare l'immensa forza che è in te».

E quando non sapevamo proprio cosa fare gironzolavamo in macchina senza meta – *e giù benzina* – ascoltando musica new age o CD di Gigi D'Alessio per il quale Maria aveva un debole, oppure passavamo intere serate in un cinema d'*essai* dove proiettavano una rassegna di film giapponesi sottotitolati sgranocchiando popcorn macrobiotici che Maria si portava da casa. Abbiamo visto tra gli altri: *Gojira*, che sarebbe la versione originale di *Godzilla* del 1954, un bel pacco, con Godzilla che sembrava una pantegana, un film di Kitano Takeshi, uno che prima faceva il comico e poi il regista, e che come comico non faceva ridere ma come regista sì, e un film dell'emergente Sakamoto Junji, una specie di *Dagli Appennini alle Ande* ma con finale a sorpresa. La storia di un malavitoso che stava morendo e che chiedeva a due investigatori deficienti totali di rintracciare la madre di suo figlio, il bambino più antipatico del Sudest asiatico, perché lo prendesse con lei ora che lui moriva, solo che la madre, dopo che questi due avevano girato mezzo Giappone insieme all'antipatico per rintracciarla, non ne ha voluto sapere di riprendersi il figlio e ho avuto come l'impressione che li mandasse tutti quanti affanculo in giapponese, e secondo me ha fatto bene, solo che io avrei mandato affanculo anche Sakamoto Junji e già che c'ero anche Kitano Takeshi.

Insomma, sono state quattro settimane molto dure, oltretutto quando ero con Maria non ho mai potuto fumare perché Maria non sopportava i fumatori, una volta soltanto mi sono rollato una sigaretta con del tabacco di una Marlboro dicendole che era tabacco biologico. Solo che non sono capace a rollare e così più che fumare una sigaretta me la sono mangiata, visto che a ogni tiro era più il tabacco che mi finiva in bocca che il fumo che mi finiva nei polmoni, e non avendo il coraggio di Saro… deglutivo.

Infine, anche se Maria non c'entra, ho fatto un po' di manutenzione alla Vespa e il motore girava così bene che Mighé, il mio meccanico e concessionario Piaggio, ha voluto per forza che gli prestassi *Lo zen e l'arte della manutenzione della motocicletta* e adesso dice che è diventato un meccanico zen e che vuole aggiustare soltanto Harley Davidson e che le Vespe gli fanno schifo.

Ho fatto tutte queste cose e molto di più, ma ogni volta che ci provavo, Maria, garbata ma ferma, si ritraeva, diceva che era presto e ripeteva più o meno le stesse parole che le avevo detto io la prima sera. Poi aggiungeva: «Lo dici anche tu no?».

Cosa potevo risponderle?

XIII

Durante quelle quattro settimane ogni volta che mi vedevo con Maria, poi passavo a farmi il solito panino da Ditasudicie e lì puntualmente incontravo Saro che filosofeggiava in dialetto con i clienti occasionali, così siamo diventati amici.

A capodanno, addirittura, dopo aver accompagnato a casa Maria, sono passato da lui che dava una festa e mi aveva invitato. Io ci sono andato volentieri sperando che magari ci fosse qualche bella sicilianuzza. Tutti uomini. Saro, Ditasudicie e quattro loro paesani che parevano usciti dai *Malavoglia*. Pare che ognuno dovesse portare una donna ma che poi, all'ultimo momento, accampando le scuse più improbabili, tutte avessero dato buca. All'una, quando sono arrivato (appena ho capito che Maria non avrebbe ceduto neppure quella notte con la scusa che l'indomani mattina avrei voluto fare il saluto al sole perché è bene augurante, l'ho sbolognata), stavano ancora sparando tricche tracche e castagnole. Peccato che avessero già buttato giù dalla finestra tutti i mobili vecchi e che avessero le pistole scariche. Mi sono divertito, comunque, perché era tutta gente simpatica, anche se due erano agli arresti domiciliari, ma a capodanno tanto nessuno controlla. Saro, gentile, mi aveva tenuto da parte un po' di sarde crude che aveva preparato con le lenticchie. Devo dire un accostamento inusuale ma decisamente azzeccato.

Siamo usciti anche in tre una sera: io, Saro e Ditasudicie.

Quella sera li ho portati in discoteca, solo che andare in discoteca con loro è un viaggio ai confini della realtà. Innanzitutto si sono presentati vestiti bene: Saro che assomigliava a un albanese a un matrimonio e Ditasudicie tutto firmato dalla testa ai piedi, ma con roba taroccata. Ricordo che aveva un Rolex d'oro che sembrava vero ma che se lo prendevi in mano pesava un grammo (secondo me non c'era neppure il meccanismo, infatti era fermo) e una giacca a vento super tecnologica di casa Prada con inserito, ben nascosto, un segnalatore per farsi trovare sotto a una valanga; lui, Ditasudicie, che non aveva mai visto la neve!

A parte il fatto che non ci volevano fare entrare, e non era una discoteca da vip ma una mezza balera, poi una volta dentro le hanno fatte scappare tutte. Tra l'altro ne avevo anche agganciate tre, tre commesse della Basko, nemmeno malvagie, oddio, quella di Saro sembrava Maga Magò, ma a lui piaceva. Ci siamo seduti a un tavolino e Saro non ha mai parlato, ha solo sputato due o tre volte per terra, Ditasudicie invece ha parlato sempre di panini. Ditasudicie è un grande appassionato di panini, è proprio vero che una delle chiavi della felicità è quella di fare un lavoro che piaccia e lui non cambierebbe il suo per nessun altro. Con chiunque gli capiti a tiro teorizza di panini, di tecniche di taglio e di imbottiture. Ha fatto un elmo a 'sta povera commessa che secondo me non mangerà più un panino in vita sua. Le ha parlato per quasi un'ora di panini creativi soppesando con gravità pregi e difetti di ogni abbinamento possibile. A un certo punto l'ho sentito che diceva, anzi quasi urlava, infervorato: «...Capisci?, mi ha chiesto un panino col San Daniele e il provolone piccante! Ma come si fa dico io! San Daniele e provolone piccante, incredibile! Vuoi un panino prosciutto crudo e formaggio? Va bene, non sono totalmente d'accordo ma te lo concedo, ma allora non chiedermi il San Daniele, chiedimi che so un toscano, tagliato a mano naturalmente, un Foresta Nera al massimo, ma non il San Daniele che è dolce e l'Auricchio gli copre il gusto, il San Daniele va gustato da solo, non credi? Tu non hai detto che sei dietro al banco formaggi?». La commessa gli ha fatto cenno di sì con la testa, sconsolata, e lui: «E allora dimmi, se ti chiedessero un panino col San Daniele e Auricchio piccante non t'incazzeresti? Io se non me lo levano da davanti gli spacco la faccia».

La commessa di Saro, dopo un po' che eravamo seduti, forse annoiata per il catacombale mutismo di lui, ha trillato di andare tutti a ballare. Panico. Ditasudicie e Saro mi hanno guardato terrorizzati.

Ditasudicie ha provato a evitarlo in extremis dicendo: «Veramente stavamo parlando», ma la sua commessa non gli ha fatto neppure finire la frase che ha detto: «No no, andiamo andiamo che anch'io ho voglia di ballare».

Appena messo piede in pista le tre commesse, come colte da una fulminante crisi epilettica, hanno cominciato a dimenarsi frenetiche; Ditasudicie ha iniziato a muoversi ruotando gli avambracci davanti al torace con i pugni chiusi, come Rita Pavone quando ballava il *geghe geghe geghe gè*, mentre Saro stava immobile, ciondolava solo un po' la testa come quei cani di peluche che i gabibbi mettono dietro alla macchina. Così dopo dieci minuti le commesse, con gran sollievo di tutti, hanno detto che preferivano tornare a sedersi. Veramente Ditasudicie voleva aspettare i lenti, ma dato che in quel locale erano quindici anni che non mettevano lenti mi sa che avremmo dovuto aspettare un po' troppo. Ma il top della serata lo abbiamo raggiunto quando è venuto il cameriere per la consumazione: Saro voleva il latte di mandorla mentre Ditasudicie birra e gazzosa mischiate. Il cameriere pensava che lo volessero prendere per il culo e così hanno mezzo litigato, ma solo perché c'ero io a calmare le acque, altrimenti finiva in rissa:

«Eccomi, cosa vi porto signori?», ha chiesto il cameriere dopo mezz'ora buona che ci sbracciavamo per chiamarlo.

«Portaci tua sorella», ha risposto Ditasudicie, forse nervoso per l'attesa o forse per fare lo spiritoso con le commesse.

E già lì c'è stata tensione.

«Prego?», ha detto il cameriere facendo finta di non capire.

«Niente, lasci stare, io voglio una birra e voi ragazze?», sono intervenuto prima che la cosa degenerasse.

E invece è degenerata. Ma a questo punto è bene che si sappia com'è Ditasudicie: Ditasudicie è uno che fa il furbo, è un bravo ragazzo, si fa per dire ragazzo, ha quarantasei anni, ma forte del fatto di essere un armadio e di avere le mani che sembrano due vanghe, ogni tanto, soprattutto quando ci sono delle donne (quindi, in effetti, quasi mai), fa il furbo. Non solo, tende a innervosirsi con una certa facilità, e quando si innervosisce passa alle mani, cioè alle vanghe. Chi lo conosce sa che compaiono due segnali ben chiari nel suo volto che indicano l'allarme rosso: la vena e il dente. Prima gli spunta una vena sulla fronte, ma lì si può stare ancora tranquilli, poi, dato che ha un incisivo un po' accavallato, quando sta per perdere il controllo tira fuori il dente, cioè fa una smorfia di tensione e come per miracolo dalla sua bocca riluccica 'sto incisivo. Quello è il punto di non ritorno.

«A coso, a *cammarriere*, con la consumazione si può avere anche un *cocchetteil*?», ha chiesto Ditasudicie che evidentemente non era nervoso per l'attesa ma voleva fare lo spiritoso con le commesse.

«Certo signore», ha risposto il cameriere con un tono giustamente polemico.

«Allora *ammemmi* porti birra e gazzosa».

«Non abbiamo gazzosa, almeno, io sono dieci anni che lavoro qui e nessuno mi hai mai chiesto la gazzosa, quindi non so se ce l'abbiamo, e comunque anche se ce l'avessimo non serviamo nessun *cocchetteil* fatto con la birra e la gazzosa, signore!».

«E *ammemmelo* servite, voglio un *cocchetteil* birra e gazzosa *uon the rocks*», ha insistito Ditasudicie facendo l'occhiolino alla sua commessa.

«Le ho appena detto che non abbiamo gazzosa, se vuole le porto una Sprite e una birra e poi se le mischia da solo ma paga due consumazioni», il cameriere era visibilmente nervoso.

«Me le mischio da solo? Pago due consumazioni? Ehi, giovane, forse non hai capito con chi hai a che fare... tu sei *cammarriere*, giusto?».

«E allora?», ha detto quello perfino in tono di sfida forse non rendendosi conto delle dimensioni di Ditasudicie perché era affondato nel divano.

«E allora non conti un cazzo, chiamami *le proprieter* che io con i sottoposti non ci parlo». Era già più serio adesso, anche se ho notato che ha lanciato un'occhiata alla sua commessa per vedere se l'ammirava.

«Senta, non gli dia retta, facciamo così, ci porti una birra per me e una Sprite per il mio amico che poi ci arrangiamo noi», sono intervenuto io prima che a Ditasudicie gli spuntasse la vena.

«No, io voglio la gazzosa, la *Scchprite* mi fa *scchifo*».

«Dai su, Vincenzino, piantala lì», ho pregato Ditasudicie.

«No, a coso, a *cammarriere*, ti ho detto di chiamarmi il padrone dell'ambaradan» (che non era il nome della discoteca). «Vai, cammina, schiodati». E gli ha fatto segno con la mano di muoversi.

«Lascia perdere per favore Vincenzo, la birra è buona anche con la Sprite, anzi è meglio fidati… ti vuoi fidare di me per una volta?» (Ditasudicie ha fatto una smorfia poco entusiasta come dire vabbè fidiamoci) «…e tu Saro cosa vuoi?».

Saro ha detto qualcosa ma non si è capito e Ditasudicie ha tradotto:

«Latte di mandorla».

«Non abbiamo latte di mandorla».

«Allora ci prendi per il culo?», ha detto Ditasudicie decisamente sull'agitato, ora.

«No, sei tu semmai…».

A quel punto Ditasudicie s'è alzato in piedi dicendo io cosa?, ma l'ho tirato giù per un braccio e l'ho fatto risedere. Aveva la vena.

«Saro non c'è n'è latte di mandorla, ora non ti fissare col latte di mandorla, non mettertici anche tu per favore, cos'altro vuoi?», ho chiesto supplicante a Saro che non dava alcun segno di partecipazione emotiva.

«*U tamarindu*», ha sussurrato.

«Ne avete tamarindo?».

«Temo di no. Devo vedere».

«Saro, ascolta, se per caso non hanno il tamarindo c'è qualcos'altro che ti piace?».

«A *zanguinella*».

Ho guardato il cameriere che mi ha fatto gli occhi, mentre Ditasudicie sbuffava, ma senza dente di fuori.

«Se no?».

«*U chinuttu*».

«Coosa?», ha chiesto il cameriere con un mezzo sorriso ironico.

«Chinotto!», è intervenuto Ditasudicie, «l'hai mai sentito questo nome? CHI-NOOO-TTO!, se non c'hai nemmeno il chinotto vedrai che la smetti di ridere».

Avevano il chinotto, in lattina, San Pellegrino. Salvo, ho bevuto solo mezza birra ma salvo.

Durante tutto questo tempo le commesse sorridevano imbarazzate, e poi, appena hanno potuto, dopo essersi scolate tre *champagnini* che ho pagato me medesimo perché Saro e Ditasudicie quando è stato il momento di tirare fuori il portafoglio si muovevano come due bradipi, si sono volatilizzate.

All'uscita Ditasudicie, già nervoso per via del cameriere e perché le tipe se l'erano data, ha di nuovo litigato alla grande, questa volta con quello del guardaroba, perché non si trovava più la sua giacca a vento né la coppola di Saro (lui comunque non aveva lo scontrino, aveva lasciato la giacca a vento sul banco del guardaroba e se n'era andato pensando che si usasse fare così). Per fortuna che prima che gli spuntasse il dente s'è ricordato che la giacca a vento Prada era dotata di segnalatore antivalanga, così ha azionato il telecomando e l'ha trovata, addosso a un tossico. Incredibile, siamo saliti in macchina (la Duna di Saro) e abbiamo seguito il segnale, tipo agenti segreti, a un certo punto il bip bip segnalava inequivocabilmente la presenza della giacca a vento dentro a un portone, siamo entrati e c'era 'sto qui, 'sto tossico, un mingherlino allampanato, che si stava facendo una pera con addosso la giacca a vento di Ditasudicie. Ditasudicie, che già in macchina aveva fuori il dente e tamburellava nervosamente i cetrioli sul volante (guidava lui perché Saro ha il foglio rosa e di notte non se la sente), senza dire una parola prima gli ha spaccato la faccia, poi si è ripreso la giacca a vento e mentre usciva ha fatto il gesto di schiacciargli col piede la siringa, e solo allora il tossico, che fino a quel momento le aveva prese senza fiatare, da lungo disteso per terra, col naso che gli sanguinava e qualche dente di meno, ha alzato faticosamente un braccio e con un filo di voce ha detto: «Noooo... la roba nooo, tutto tranne la roba, ti prego». Ditasudicie è stato un attimo fermo col piede sopra la siringa, ha guardato Saro, ha guardato me, poi ha riguardato Saro che gli ha fatto il gesto del pollice rivolto verso il basso, e con un terribile ghigno stampato sul volto ha detto: «Anche la roba!». E mentre il tossico emetteva un flebile lamento, con la massima soddisfazione ha frantumato la siringa sotto il suo mastodontico piede e poi, chinandosi un po' verso di lui gli ha sussurrato: «Se c'hai ancora la lingua, leccatela». In ogni modo, il tossico, secondo me, se lo domanda ancora adesso come abbiamo fatto a trovarlo.

Va detto che, come ho accennato precedentemente, Ditasudicie è prevenuto nei confronti dei tossici perché una volta, proprio per colpa di un tossico, gli hanno dato sei mesi (ma non è stato in galera perché era incensurato, ha patteggiato). Una settimana prima del fattaccio un suo *amico* gli aveva chiesto se per favore gli poteva tenere per qualche giorno una pistola che scottava come la marmitta di un KTM, una 44 Magnum con i numeri di serie limati che pareva un Kalashnikov. Lui non voleva ma poi, essendo fondamentalmente un buono, s'è lasciato convincere e l'ha nascosta in un frigo speciale del suo chiosco, dietro agli insaccati di prestigio mantenuti a «fresco cantina». Quella sera c'era un discreto affollamento di clienti, tra cui naturalmente anche Saro. Io ero arrivato da poco e avevo appena ordinato il solito panino al tonno e cipolle di Tropea che sono dolcissime e non lasciano l'alito cattivo (Saro, tutto preso a disquisire con un altro cliente non mi aveva suggerito nessuna variante, e in ogni caso non eravamo ancora diventati amici). A un certo punto, saranno state le otto, s'è presentato questo tossico che, puntando contro Ditasudicie una siringa, gli ha intimato di consegnargli l'incasso della giornata. Sul viso di Ditasudicie, in un moto di rabbia repressa, è comparsa all'istante la vena, ma di fronte a una siringa puntata a un centimetro dal suo faccione non ha potuto far altro che aprire la cassa e mettergli in mano il malloppo, poca roba, una ventina di euro al massimo. In effetti l'incasso di una giornata di Ditasudicie è molto più alto ma lui non fa mai lo scontrino e i soldi se li mette in tasca, quindi quando apre la cassa o è perché lo rapinano o è perché teme un'ispezione della finanza, e in quel caso te lo dice, ti dice, quasi per giustificarsi: «Ti devo fare lo scontrino perché c'è in giro la finanza, bastardi». I venti euro, infatti, chissà da quanto tempo erano lì, li tiene come copertura.

«Tutto qui?», gli ha chiesto il tossico.

«Tutto qui, se vuoi ti faccio un panino», gli ha detto Ditasudicie apparentemente tranquillo nonostante la vena... ma era un bluff che il tossico è andato stupidamente a vedere.

«Perché no», gli ha risposto sprezzante il tossico che evidentemente non conosceva il segnale di pericolo della vena, quello che svelava il bluff.

«Come lo vuoi?», gli ha detto ancora Ditasudicie sempre apparentemente tranquillo.

«Uhmm... vediamo... fammelo al crudo».

Ditasudicie non s'è scomposto e ha detto:

«Che crudo?».

«È lo stesso, stronzo, sbrigati altrimenti ti buco».

«Non è lo stesso, quale prosciutto ci metto?», ha insistito Ditasudicie con la vena che iniziava a pulsare.

«OK figlio di puttana... qual è quello più caro?».

«Il più caro è l'iberico Pata Negra de bellota joselito, una vera squisitezza, pensa che i maiali mangiano solo ghiande».

«Non me ne frega un cazzo di cosa mangiano i maiali, stronzo, comunque vada per l'iberico e già che ci sei poi mi dai tutto il pezzo che me lo rivendo che ci faccio due o tre buste, qual è dei due?», e con la mano libera gli ha indicato i due prosciutti «pronto uso» che troneggiavano sul bancone.

«Nessuno, il de bellota joselito lo tengo nel frigo altrimenti con questo caldo si rovina». Era luglio inoltrato.

«E allora prendilo no, cazzone che non sei altro», gli ha detto il tossico facendo l'errore della sua vita.

Ditasudicie, muovendosi con cadenze lente e misurate, ha aperto il frigo, solo che invece di prendere il de bellota joselito ha tirato fuori la .44 Magnum, ha tolto la sicura, con un gesto plateale ha scarrellato per far salire il proiettile in canna, l'ha puntata sulla faccia del tossico tenendola con due mani come nei film e ha detto, con l'incisivo in bella evidenza:

«Ragazzi spostatevi che altrimenti vi sporcate di sangue».

Il tossico è rimasto impietrito con la bocca aperta, la siringa in una mano e i soldi nell'altra. Saro, che aveva assistito impassibile a tutta la scena, rivolgendosi a Ditasudicie si è intromesso dicendo: «*Femmati* Vincenzì *nun* fare *minchiate*!». C'è stato un attimo di tesa sospensione, poi Saro si è avvicinato al tossico, gli ha tolto i venti euro dalla mano, si è di nuovo allontanato e facendo probabilmente il discorso più lungo della sua vita in lingua mista ha detto: «*Sparaci* pure ora, Vincenzì, ma *pigghiagli u core* a *chistu* non come l'ultima *votta* che a *chiddu* gli *sparasti* alle gambe».

Il tossico prima è sbiancato in volto da fare invidia a Micheal Jackson e poi ha preso una corsa che nemmeno si fosse fatto dieci anfetamine.

Come d'incanto sul volto di Ditasudicie sono scomparsi sia il dente che la vena per lasciar posto a un'espressione di trionfo, poi ha sparato in aria facendo lo stesso rumore di quando un jet supera il muro del suono, ha soffiato sulla canna fumante, s'è infilato il ferro nella cintura, ma dietro come Miami Vice, e poi rivolgendosi a me mi ha chiesto, calmissimo:

«Come lo volevi il panino Andrea?».

«Tonno e cipolle», gli ho risposto sbigottito.

«Quelle di Tropea?».

Ho annuito.

«Te lo faccio subito e scusa se ti ho fatto aspettare, anzi per farmi perdonare ti ci metto il Tonno di corsa Florio, inscatolato a mano secondo l'antica ricetta dalle donne di Favignana, il migliore del mondo, ne ho di due tipi in base alla parte del tonno da dove viene tagliata la trancia, il Tarantello o il Mascolino, il primo ha un gusto più delicato, il secondo più deciso, tu quale preferisci?».

«Il più delicato», ho detto, «basta che non lo prendi dal frigo». Hanno riso tutti, compreso Ditasudicie, e così tra pacche sulle spalle e commenti vari del tipo «ancora un attimo e gli saltavo addosso», lentamente si è sciolta la tensione. E mentre Saro, che stranamente aveva sorriso anche lui (non ride mai), stava per aprire bocca forse per suggerirmi già a quel tempo la nota variante, un tizio, mai visto, uno dei clienti che avevano assistito alla sventata rapina, dopo essersi presentato come poliziotto, ha detto: «Mi dispiace ma sono fuori servizio e non avevo la pistola altrimenti sarei intervenuto».

«Non c'è problema, come ha visto me la sono cavata bene anche da solo», ha risposto Ditasudicie già un po' sull'agitato, «le posso offrire un panino *maresciallo*? Anche per lei un Tarantello?... O forse preferisce un Mascolino?».

«No grazie... comunque complimenti, ha dimostrato un bel sangue freddo, piuttosto, mi fa vedere quella pistola, è la sua?, l'ha denunciata?, ha il porto d'armi?».

Sei mesi con la condizionale, anche perché Ditasudicie, muto, non ha mai rivelato chi gli avesse dato il giocattolo.

L'unica cosa che ancora non ho capito di tutta questa vicenda è se Saro voleva che Ditasudicie gli sparasse veramente o ha detto quello che ha detto per impedire a Ditasudicie di sparare. Io propendo per la seconda ipotesi altrimenti non si spiegherebbe come mai si è rivolto a Ditasudicie (quasi) in italiano, visto che gli parla sempre in dialetto; evidentemente voleva che il tossico lo capisse. Probabilmente contava sul fatto che, come in effetti è avvenuto, il tossico scappasse e Ditasudicie, che fondamentalmente è un buono, avendo recuperato i soldi, perdesse l'attimo. Una volta gliel'ho anche chiesto, a Saro, ma lui non mi ha risposto, cioè mi ha risposto, ha fatto un mezzo sorriso amaro e mi ha detto: «*Bedda* domanda», poi ha sputato per terra. Forse non lo sapeva neppure lui.

XIV

La terza settimana della mia personale via crucis, Maria l'ha passata quasi tutta a letto per via di una brutta influenza. Era iniziata come un banale raffreddore ma dato che lei si cura esclusivamente con l'omeopatia nel giro di qualche giorno il raffreddore si è trasformato in una mezza bronchite. Da bravo fidanzato sono passato a farle visita, qualche volta, nella speranza che magari trovandola già a letto... ma era così malridotta che io stesso non ho avuto il coraggio di approfittarne, e poi la *donna infettiva* confesso che mi frena un po'. Così la domenica sono andato con Saro e Ditasudicie a vedere Sampdoria-Juventus, e tanto per cambiare Ditasudicie si è picchiato. Io e Saro siamo sampdoriani (anche se, come si sarà capito, il calcio non è precisamente il primo dei miei interessi) mentre Ditasudicie è juventino, anzi «*giuventino*» come dice Saro. Non so come Ditasudicie fosse riuscito a procurarsi tre biglietti in tribuna superiore settore 0, fila 14, posti 26 27 e 28, in pratica sulla linea del centrocampo e nel cuore della tifoseria blucerchiata di livello medio alto, tutta gente abbastanza tranquilla ma che quando va alla partita si trasforma in un branco di iene ululanti.

Avendo i posti numerati, ci siamo dati un appuntamento

tranquillo alle due e mezza all'angolo tra la Sud e le tribune. Giornata rigida, cielo plumbeo e tramontana che sferzava la città e in particolar modo si accaniva sul Luigi Ferraris. Io sono arrivato in leggero ritardo a causa della quasi impossibilità di trovare posteggio, infatti ho preso la multa. Appena li ho visti ho avuto un attimo di sgomento. A parte il fatto che la differenza di altezza, visti così, da lontano, era imbarazzante, sembravano Stanlio e Ollio ma di più, nel senso che Ditasudicie, pur essendo sicuramente un po' più magro, è probabilmente più alto e nell'insieme più imponente di Ollio, mentre Saro ho idea che sia più piccolo di Stanlio, il dramma era come si erano vestiti: Saro pareva Amundsen nella tempesta quando raggiunse il polo Nord, e non a caso dico Amundsen perché il suo abbigliamento era come dire... un po' datato, e inoltre, ho scoperto dopo, si era portato dentro a uno zainetto una coperta per non prendere freddo alle gambe, Ditasudicie invece sembrava una zebra: cappello sciarpa guanti e giubbotto bianconeri, e come se non bastasse indossava un bel paio di jeans neri e ai piedi calzava delle Adidas (taroccate) bianche con le tre strisce nere anche quelle. Stranamente non aveva la bandiera, in compenso s'era comprato una di quelle trombe da stadio con bomboletta ad aria compressa.

Poco prima di entrare, mentre eravamo in fila e dopo aver notato che il servizio d'ordine lo guardava storto, gli ho detto:

«Vincenzo scusa, non vorrei sembrarti apprensivo ma forse era meglio se non venivi così bardato. Magari, prima di entrare... emh... togliti qualcosa, sai com'è...».

«Tranquillo, non c'è problema, siamo gemellati», mi ha risposto con un mezzo sorriso che rivelava una sapiente sicurezza. E poi, visto che nonostante tutto non dovevo sembrargli molto convinto, chinandosi su Saro, ha bisbigliato: «Diglielo anche tu che magari di me non si fida». Allora ho guardato Saro che ha sentenziato: «A *Zamp* e a *Giuve gie-mellate* sono», ed è un vero peccato che con la scrittura non si possa rendere il tono di quel «gie-mellate» detto (quasi) in italiano ma pronunciato – e mi riferisco soprattutto al «mellate» – con la cadenza solenne di Marlon Brando/Vito Corleone quando ordinava un omicidio.

«A me non risulta, comunque se lo dite voi...», ho assentito perplesso ma deliziato da quella chicca fonetica, anche se, subito dopo essere entrati, non ho potuto fare a meno di ascoltare (e per fortuna solo io) il tipo che strappava i biglietti che rivolgendosi a non so chi perché ero di spalle ha detto in genovese, ma traduco: «Ma cos'è scemo quello lì?, come cazzo s'è vestito, ci scommetti che va a prendere delle botte?».

Ad essere sinceri, effettivamente, la fede juventina di Ditasudicie è stata solo la causa indiretta della rissa, il vero motivo è stato un altro. Quando la Juventus ha segnato, Ditasudicie, che non aveva mai smesso di incitare i *suoi* trapanando le orecchie di tutti con la trombetta ad aria compressa, si è alzato in piedi iniziando a urlare e dimenarsi come Galliani quando il Milan ha vinto lo scudetto. Il tizio che era seduto vicino a lui, che evidentemente lo conosceva se non altro di fama, gli ha detto:

«Datti una calmata Ditasudicie, abbiamo capito che sei contento però ora hai scassato il cazzo».

«Come mi hai chiamato?», gli ha chiesto Ditasudicie interrompendo immediatamente i festeggiamenti.

«Tu non sei quello che ha il banchetto di panini a Caricamento scusa?».

«Sì, ma come mi hai chiamato?», gli ha chiesto ancora con un tono inquietante. Probabilmente aveva la vena, ma era nascosta dal cappello calato sulla fronte.

«Ehi amico rilassati, non ti chiami Ditasudicie?», gli ha risposto quello, ingenuamente.

«Non sono tuo amico e non mi rilasso... e soprattutto non mi chiamo Ditasudicie», ha ribattuto Ditasudicie, e mentre il suo incisivo rifletteva accecanti bagliori di luce alogena gli ha dato un pugno in testa dall'alto verso il basso così forte che si è rotto il seggiolino dove quel poveraccio era seduto. C'è stata un po' di confusione, sono volati insulti, in due o tre si sono dovuti cambiare di posto, ma dopo qualche minuto fortunatamente le acque si sono calmate anche se Ditasudicie si è immusonito al tal punto che non ha neppure urlato al goal del due a uno. Solo alla fine, mentre stavamo sciamando, si è avvicinato al tizio e gli ha detto, questa volta con un tono pacato ma deciso: «E poi non permetterti mai più di chiamarlo banchetto!».

Devo ammettere invece che Saro è stato impeccabile, un vero Lord inglese. Si è solo fatto notare in una occasione quando, in un momento assolutamente tranquillo della partita, senza nulla che apparentemente potesse giustificare il suo sfogo, si è alzato in piedi e portando le mani alla bocca a mo' di megafono ha gridato con una intensità che non gli conoscevo: «Trefoloni *connuto*». Per il resto si è unito al coro dei ragazzi della Sud quando cantavano ossessivamente: «Treefoloni figlio di puttana» (ma solo bisbigliando impercettibilmente e dicendo «*figghiu* di *bottana*») e alla fine della partita, quando gli ho chiesto come gli era sembrato l'arbitraggio ha sputato per terra. Nient'altro. Un Lord, l'ho detto.

Con Saro un pomeriggio siamo andati anche al cinema a vedere un bel filmetto natalizio di Neri Parenti perché sentivo il bisogno di disintossicarmi dai film giapponesi, solo che dopo ho sentito ancora più forte il bisogno di disintossicarmi dal film di Neri Parenti. In ogni modo Saro non voleva venirci, diceva che i film sono roba da donnette e poi che due uomini che vanno al cinema da soli sono dei *bulicci* (spesso, da buon meridionale, per sentirsi integrato diceva parolacce in dialetto genovese); d'altra parte in vita sua Saro aveva visto solo un film, ma lo aveva visto almeno trenta volte: *Travolti da un insolito destino nell'azzurro mare d'agosto* di Lina Wertmuller, quello con Giannini che faceva il marinaio siciliano e che aveva fatto innamorare, a suon di legnate, Mariangela Melato che faceva la signora snob. Quel personaggio era il suo mito e aveva finito per assomigliargli pure, nel carattere, nella mimica e perfino un po' nell'aspetto, diceva lui. Era anche un fan della Melato, perché, nel suo delirio, sosteneva che la donna che da più soddisfazione non è tanto quella timida e tranquilla ma quella ribelle e sofisticata, in quanto, una volta domata, sarà per sempre fedele e riconoscente. Anzi, si era fissato con l'idea che Mariangela Melato nella vita dovesse essere così, come il suo personaggio prima maniera, ed era piuttosto preso di lei tanto che una sera, quando è venuta a Genova per uno spettacolo, l'ha aspettata all'uscita del teatro per darle due sberle. Per fortuna ha sbagliato teatro, è andato davanti a quello dove aveva appena finito di *recitare* Valeria Marini, ma quando si è accorto dell'errore ha lasciato perdere perché la Marini non gli interessava, peccato.

Era con Saro che mi sfogavo, era a lui che raccontavo tutti i tentativi infruttuosi con Maria. Lui ascoltava e poi mi dava consigli sul da farsi, in qualche caso erano consigli brevi e lapidari, altre volte più articolati, e allora avevo bisogno che Ditasudicie ci facesse da interprete. Io di solito non vado cercando consigli da nessuno, soprattutto in questo campo, ma la saggezza di Saro è universalmente riconosciuta nel quartiere, e dunque lo stavo ad ascoltare ammirato, anche se poi, naturalmente, facevo di testa mia.

Saro, forse condizionato dal film della Wertmuller, è un

teorico del maschio padrone, e guarda di buon occhio come trattano le donne gli integralisti islamici. Ai tempi della guerra in Afganistan aveva scritto anche un libro: *Scopri il talebano che è in te*, un piccolo pamphlet su cui sospendo ogni giudizio perché bisognerebbe leggerlo in lingua originale, visto che la traduzione di Ditasudicie secondo me zoppica un po', e poi il comisano arcaico è come il tedesco, certe parole sono intraducibili nelle sfumature del loro significato dialettale; in ogni modo lo ha mandato a diverse case editrici, compresa la siciliana Sellerio, ma nessuna gli ha mai risposto, strano. Tra l'altro, visto che tra i suoi amici io sono quello più colto, Saro mi ha chiesto se gli scrivevo una prefazione perché vorrebbe riprovare a fare un altro giro di spedizioni. A me dispiaceva dirgli di no, però una prefazione è una prefazione, così ho chiesto aiuto a un mio amico scrittore, uno psicologo che ho conosciuto tanto tempo fa quando faceva tirocinio in Psichiatria a San Martino. Poi è andato a lavorare da un'altra parte e così ci siamo persi di vista, ma quando l'ho chiamato per proporgli la cosa è stato molto gentile e in nome dei vecchi tempi prima ha letto il saggio di Saro, trovandolo tra l'altro molto interessante, e poi mi ha scritto la prefazione di sana pianta. A quel punto gli ho chiesto che la firmasse lui, che sicuramente sarebbe stata più qualificata, ma non ha voluto assolutamente comparire, chissà perché, quindi l'ho firmata io. Spero che questa volta a Saro glielo pubblichino, il suo saggio, perché nel bene o nel male è un testo che tutti dovrebbero leggere.

In buona sostanza Saro sostiene che dentro a ogni uomo c'è un talebano e che in fondo le donne cercano quel tipo di maschio anche se non lo ammettono.

Per Saro le donne oggi sono confuse da tutta una serie di «falsità che hanno messo in giro le lesbiche» («minchiate» nell'originale). Sta all'uomo, quindi, chiarire le idee alla donna, che poi lo ringrazierà. Purtroppo, però, tante spiegazioni non servono a niente, anzi, meno l'uomo parla e meglio è «che intanto le donne non capiscono un cazzo» (testuale) e allora occorre che il maschio, se la sua compagna (anche qui Ditasudicie pecca di superficialità nella traduzione perché nel testo originale Saro scrive «la bottana», intendendo la donna prima di essere domata, solo poi diventerà «compagna») non ci arriva da sola, usi le maniere forti. Naturalmente il suo saggio condanna certe estremizzazioni dei cugini talebani (li chiama così), è contro la pena di morte e la lapidazione, però sul fatto che quando ci vogliono due belle bastonate sono la panacea, è categorico. Va da sé che il marito non solo può ma *deve* tradire la moglie, mentre la femmina, che ovviamente gli sarà fedele, deve essere contenta se lui la tradisce consapevole del fatto che per l'uomo il tradimento rappresenta un bisogno primario che se non soddisfatto comporta gravi ripercussioni sulla psicologia maschile e quindi sulla stabilità della coppia (in questo punto Saro si concede una digressione evoluzionistica sottolineando il fatto che fin dall'età della pietra il tradimento assicurava l'incremento delle nascite perché il maschio, mentre la femmina era incinta, ingravidava altre femmine garantendo così la sopravvivenza della specie che senza di esso, a causa della frequente mortalità infantile, forse oggi sarebbe estinta, da qui la «contentezza della moglie tradita» – testuale –, un tempo per il bene dell'umanità, oggi per la riscoperta del dimenticato debito di riconoscenza sepolto negli strati più profondi del suo inconscio). Sempre per gli stessi motivi, che definirei antropologici, le donne non devono assolutamente lavorare per accudire figli maschi e marito (le figlie femmine, secondo Saro, vanno accudite fino ai dodici anni al massimo e poi devono iniziare a occuparsi a loro volta del padre e dei fratelli che vanno a lavorare). Inoltre Saro è anche piuttosto perentorio sul fatto che le donne debbano vestire in modo morigerato, con tinte cupe e senza tacchi (ma qui, secondo me, c'è di mezzo il problema non trascurabile che lui sia alto, si fa per dire, uno e cinquantanove). Infine approva l'uso del *burqa*, ma solo se è la donna a volerlo indossare, e questo la dice lunga sulla facile e superficiale critica che il suo saggio sia antifemminista. In definitiva (colgo fior da fiore dalla *mia* prefazione), la tesi centrale del suo saggio è quella che ogni donna deve fare i conti con la propria natura, con l'atavico desiderio di accudire il proprio uomo e di esserne protetta. Per Saro, ogni rapporto *equilibrato* si costruisce sulla presa di coscienza di questo concetto fondamentale, che nasce da insopprimibili istinti naturali che hanno la loro radice nel paleolitico, due milioni di anni fa, mica ieri. Rifiutarlo crea disastri inimmaginabili nella psiche femminile, accettarlo in modo totale e risolutivo, invece, per una donna significa serenità, benessere fisico e interiore, rinascita. Significa, per citare testualmente un suo passaggio, «ritrovare la sobrietà, il senso di responsabilità domestica e la giuliva allegria delle donne comisane di un tempo quando lavavano i piatti e rassettavano tutte insieme la cucina dopo il pranzo pasquale». Per l'uomo, invece, il messaggio fondamentale – e fondamentalista, secondo i critici più severi (Cinghialone, ad esempio, il gommista che ha l'officina vicino al chiosco di Ditasudicie) – che metaforicamente è sintetizzato nel titolo, è quello di non far finta, fino a convincersene, beninteso, di essere contenti e di apprezzare il nuovo ruolo che la donna si è ritagliata nella società e nel rapporto di coppia, ma di guardare dentro di sé e di recuperare senza remore o condizionamenti sociali l'antica identità (perché secondo Saro si tratterebbe di «identità» e non di «ruolo») del maschio padrone e protettivo che giace integra e incancellabile nel proprio DNA, per ritrovare, e qui cito testualmente un altro suo passaggio:

«l'orgoglio, la dignità e la composta allegria degli uomini comisani di un tempo quando giocavano a carte fino a tarda sera dopo il pranzo pasquale».

Insomma, per concludere con le stesse parole con cui concludo la *mia* prefazione posso dire che «Scopri il talebano che è in te *va considerato a tutti gli effetti la risposta maschile, giunta con colpevole ritardo, al celebre e non meno agguerrito saggio* SCUM manifesto per l'eliminazione del Maschio *di Valerie Solanas, la lesbica femminista e unico membro della Società di Castrazione che sparò ad Andy Wahrol nel lontano 1968. A differenza di quello, però, che divenne, non dimentichiamolo, un classico della letteratura femminista, questo è più lucido e molto meno estremo. Certo, anche il saggio del professor Saro Murgia è un testo da maneggiare con le dovute cautele, ma al tempo stesso da non sottovalutare e che potrebbe aprire un ampio e costruttivo dibattito all'interno della comunità accademica con dei riflessi di non poco conto sul pensiero occidentale almeno riguardo alle dinamiche di coppia*».

Saro mi diceva che ero troppo gentile con Maria, che avrei dovuto darle delle botte, così, anche senza motivo, tanto per farla innamorare, e che se poi volevo che mi cadesse tra le braccia dovevo regalarle un bel vassoio di cannoli siciliani, anzi si chiedeva come mai non l'avessi già fatto, perché lui, se vuole stupire una donna fin dal primo appuntamento si presenta con un bel vassoio di cannoli siciliani e poi, eventualmente, gliene manda altri a casa per darle il colpo di grazia: «*Da che munnu è munnu nisciuna femmina resiste au cannulu siciliano*», era solito dire orgoglioso del doppio senso. Per quanto riguarda il discorso della spiritualità, invece, diceva che non avrei dovuto più assecondarla, che al massimo dovevo portarla a messa e che poi, se continuava a «scassare la *minchia* col buddhismo e altre *belinate* del genere», darle delle botte. Poi però ha incominciato ad apprezzare la strenua resistenza che mi opponeva Maria e quando per l'ennesima volta gli ho chiesto perché secondo lui non cedeva, mi ha detto:

«*Pe' mmia… Veggine* è».

Saro si era convinto che Maria fosse vergine e dato che garantiva di saper riconoscere una vergine da come camminava abbiamo deciso di verificare questa sua ipotesi. Io sapevo benissimo che Maria non era vergine, sapevo, per sua stessa ammissione, che aveva avuto degli altri uomini, non tanti, ma qualcuno sì, eppure, secondo la mirabolante teoria di Saro, lei avrebbe potuto dirmi così perché «ora le donne si vergognano di dire che sono vergini», almeno è questo quel che mi aveva tradotto Ditasudicie. Così siamo andati una mattina di fronte all'ufficio dove Maria lavorava e abbiamo aspettato, nascosti dietro un albero, che uscisse per l'ora di pausa. L'abbiamo seguita e Saro ne ha soppesato il passo.

Dopo qualche secondo ha sentenziato:

«*Veggine* è!».

«Ma sei sicuro?, guarda che Maria ha trentatré anni, mi sembra strano che sia ancora vergine».

«*Sugnu sicuru*», e ha sputato per terra, inutile controbattere, a quel punto.

Mentre tornavamo da Didasudicie gli ho chiesto:

«Allora Saro, come ti sembra Maria?».

«*Bedda femmina*», mi ha risposto, e poi ha di nuovo sputato per terra, solo che stavolta, dato che eravamo nella mia macchina mi ha sputato sul tappetino.

Il fatto che Maria fosse vergine lo deve aver turbato parecchio perché lui ha una specie di venerazione per le vergini, e qui al Nord sono mosche bianche; il massimo per lui sarebbe stato vergine e sua paesana, ma anche solo vergine gli sarebbe andata bene, anzi, in base alle sue fantasmagoriche teorie era evidente che subiva il fascino della donna del Nord, perché sperava di domarla, renderla schiava ed esibirla in Corso Vittorio Emanuele, a Comiso, se mai ci fosse tornato. (Saro sostiene che per domare una donna del Nord «fuori da un'isola disabitata», dipende da caso a caso, naturalmente, ci vogliono almeno due anni, due anni e mezzo).

Da quel giorno era lui a chiedermi notizie di Maria, voleva sapere tutto di lei e soprattutto come cucinava perché Saro era un estimatore della donna «cuciniera», così la chiamava lui, mi ricordo che diceva: «*Femmina piccante pigghiatela come amante, femmina cuciniera pigghiatela come mugghiera*». Naturalmente ogni volta che mi vedeva mi chiedeva: «*Te la futtisti?*», e ogni volta che ovviamente gli rispondevo di no tirava un impercettibile sospiro di sollievo. Si era preso una cotta per lei e ora stava chiaramente dalla sua parte, sperava che Maria rimanesse illibata, che non cedesse, che io mi stancassi prima. Ma era troppo presuntuoso per ammetterlo, si limitava a non darmi più consigli, a non dirmi più di prenderla a sberle o di picchiarla con la cintura.

Invece c'è stata una volta che per poco Maria non l'ho picchiata davvero. È stato quando siamo andati in un bosco ad abbracciare gli alberi.

A causa di quel maledetto libro che le ho regalato la prima sera dove quel deficiente del protagonista abbracciava tutti gli alberi che gli capitavano a tiro, Maria s'era messa in testa che anche noi dovessimo farlo, che doveva essere un'esperienza bellissima per sentirci «una parte integrante del tutto», per sentirci un «tutt'uno» con l'albero.

Siamo arrivati in questo cazzo di bosco, che io i boschi li brucerei tutti, dopo due ore di tornanti e un pieno di benzina, che la Porsche beve come una spugna. Abbiamo scelto due alberi che ci parevano tristi e li abbiamo abbracciati, solo che io, di sfiga, ho abbracciato un albero che colava di resina da tutte le parti e così mi sono sentito un tutt'uno con l'albero anche quando mi volevo staccare. Avevo su il solito dolcevita di cachemire che mi era costato un occhio della testa e che ho dovuto buttare nella spazzatura perché la resina dal cachemire non va più via.

Per fortuna che avevo fatto molto pensiero positivo altrimenti a Maria le davo davvero due sberle, e poi con un'accetta abbattevo quel cazzo di albero, invece ho sorriso serafico e abbiamo cercato di vedere il lato positivo della cosa, ma dato che non l'abbiamo trovato... cioè lei sì, io no, quel giorno abbiamo litigato perché Maria insisteva nel dire che secondo lei mi ero staccato troppo di colpo e l'albero poteva anche esserci rimasto male e che dovevo riabbracciarlo. Era troppo! e così, colpevolmente, non gliel'ho fatta più, ho perso un po' il controllo e mi è scappato un piccolissimo vaffanculo. Piccolo, lo giuro, ma tanto è bastato per litigare.

Quando abbiamo fatto pace, però, è stato molto bello e Maria mi ha detto che mi voleva ancora più bene di prima e allora io le ho risposto che quello era il vero lato positivo della cosa, e che forse nel nostro karma era scritto che avremmo fatto l'amore dopo la nostra prima litigata... no, si vede che non c'era scritto.

XV

Una sera, quasi al termine della quarta settimana di Passione, dopo aver fatto una mezz'oretta di meditazione trascendentale, Maria mi ha chiesto:

«Conosci il Reiki?».

«Certo che lo conosco», ho risposto deciso.

«Vorrei fare un corso di Reiki; potremmo farlo insieme, sarebbe bellissimo, solo che se ti va dobbiamo sbrigarci perché inizia sabato».

«Guarda che strana cosa, ci pensavo proprio ieri che si potrebbe fare un corso di Reiki insieme».

«Ma va', allora abbiamo proprio lo stesso karma».

«Ancora ne dubitavi, scusa?».

Naturalmente ci ho provato subito ma lei, imperterrita, ha resistito.

Non sapevo cosa fosse il Reiki ovviamente, ma soprattutto pensavo che un corso di Reiki consistesse nel fare due ore alla settimana di corso per tre o quattro mesi, come quasi tutti i corsi normali.

Sarei andato alla prima lezione, massimo alla seconda, e poi, dato che Maria, e di questo ne ero sicuro, non poteva resistermi ancora per più di una settimana, sarei sparito nel nulla.

Invece il corso era una full immersion di Reiki dal sabato mattina alle nove fino alle ventidue della domenica successiva. Anche se poi a mezzanotte del sabato, bontà loro, ci hanno lasciato andare a dormire a casa, ma alle otto della domenica dovevamo essere lì.

Al corso di Reiki, il sabato successivo, eravamo una trentina a centocinquanta euro a persona.

Molte coppie, molte donne, qualche esaltato, qualche single maschio sullo sfigato andante che provava anche "quella del Reiki" per cercare di agganciarne qualcuna.

Il guru era un americano atletico e asciutto sui sessant'anni, ma che naturalmente «ne dimostrava molti di meno», che non spiccicava una parola di italiano e che quindi aveva bisogno dell'interprete: uno che parlava con un accento genovese così marcato che sembrava un incrocio tra Govi e Beppe Grillo.

Il guru, prima di tutto, con la sua voce levigata e asettica, ci ha spiegato che cosa è il Reiki, che per farla veramente breve è una specie di pranoterapia ma molto più spirituale, solo che a differenza della pranoterapia tutti, ma proprio tutti, hanno questa energia perché è una «energia vitale universale», che serve per conoscere se stessi, per guarire se stessi, per guarire gli altri. Come al solito, insomma. Poi ci ha spiegato che il Reiki ha 2500 anni di storia e che è stato riscoperto da un certo dottor Mikai Usui Sensei centocinquanta anni fa più o meno, e questo nome mi pareva di averlo già sentito, forse in qualche barzelletta di giapponesi!

Dopo tutte quelle spiegazioni particolareggiate infarcite di racconti di miracolose guarigioni avvenute grazie al Reiki (tumori e leucemie guarite come se piovesse), il guru ha chiesto a ognuno di noi perché eravamo lì.

Alcuni hanno detto perché erano curiosi, altri perché volevano vedere «se funziona veramente», qualcuno perché aveva il mal di schiena o male da qualche altra parte, e uno, ipocrita, perché «voglio fare del bene agli altri».

Io mi ero seminascosto dietro a una manager in carriera dalle tette notevoli che stava in prima fila e forse riuscivo a stare zitto, anche perché non sapevo assolutamente che cosa dire.

Maria, quando è stato il suo turno, ha detto «Ma... abbiamo deciso insieme col mio ragazzo, siamo molto interessati a questo genere di cose... specialmente lui», e mi ha indicato col dito, la stronza.

Allora il guru si è rivolto verso di me con quel suo viso sorridente e quel suo sguardo sereno e pacato, insomma da vero idiota, e si è capito, anche se non ha detto una parola, che voleva sapere anche da me perché ero lì. Mi è venuto un accidente. Se gli dicevo perché ero lì mi avrebbero buttato fuori a calci.

«Be'... io credo di avere molta energia ma credo anche di non riuscire a canalizzarla nel modo giusto e di disperderla verso cose che non mi aiutano a trovare il mio vero essere profondo. So che la mia natura è intensamente spirituale, che dovrei sentirmi il centro dell'universo, ma la vita che facciamo, la vita che faccio... insomma, mi mette invece alla periferia di tutto... delle cose... dei giusti valori, non so. Io sono sempre alla ricerca di un vero equilibrio esistenziale, voglio dire... emh... *cerco un centro di gravità permanente che non mi faccia mai cambiare idea sulle cose e sulla gente...*» (tanto, ho pensato, Battiato il guru non lo conosce di sicuro), «e credo che siano proprio queste esperienze che ci aiutano nella ricerca di noi stessi, che ci aiutano a ritrovare la nostra vera natura soffocata dal materialismo che ci impone questa società fondata sull'apparenza e sul consumismo sfrenato. Ecco, penso che sia per questo motivo che ora sono qui».

L'interprete ha tradotto in americangenovese al guru il mio bel discorsetto che non sapevo nemmeno io come mi era venuto.

Attimi di imbarazzo (mio) e di stupore (di tutti).

Poi il guru mi ha guardato penetrante, ma non aveva mai distolto lo sguardo da me mentre parlavo, e ha detto rivolgendosi agli altri: «Questo è lo spirito giusto!».

E vaaai, ho pensato, se se l'è bevuta il guru se l'è bevuta naturalmente anche Maria, stasera appena finita questa rottura di palle di corso me la scopo, e poi, domani, al corso ci va da sola.

Invece quella sera, incredibile ma vero, ero così stanco che me ne sono andato a dormire. D'altra parte, devo dire che ormai la strenua resistenza di Maria era agli sgoccioli visto che nel pomeriggio, inaspettatamente, mi aveva detto che, se avessi voluto, dato che il lunedì successivo era in ferie, domenica sera dopo il corso sarebbe venuta a dormire da me. Io volevo.

Dopo il discorso iniziale c'è stato il delirio dell'iniziazione. Nel Reiki devi essere iniziato da un maestro autorizzato (altrimenti come vivono i maestri autorizzati?).

L'iniziazione consiste nel fatto che ti siedi su una seggiola con gli occhi chiusi e le mani giunte e poi il guru ti sfiora per un po' con le mani mentre recita qualcosa in una lingua incomprensibile anche a lui, credo, e poi ti soffia forte in faccia, così insieme ai virus ti trasmette l'energia.

Se non fai l'iniziazione non potrai mai avere l'energia, questo è sicuro, ma se la fai poi ce l'hai per sempre.

Dopo l'iniziazione abbiamo passato due giorni di massima spiritualità a sfiorarci l'uno con l'altro e io con la scusa dello sfioramento...

Come ho detto sono un camaleonte, quindi sono diventato una specie di aiutante guru e spesso facevo gli esercizi dimostrativi con lui, anche se io avrei preferito farli con la manager in carriera, o con Maria, che invece la marcava stretta quello che era venuto lì per far del bene agli altri, bastardo.

Verso le nove di sera della domenica abbiamo fatto la spirale che consiste nel tenersi tutti per mano come all'asilo e avvolgersi a spirale per raccogliere tutta l'energia possibile.

Il guru ha voluto che io fossi il primo, così me li sono trovati tutti intorno stretti stretti e ancora un po' di spirale e soffocavo.

Dopo la spirale, con l'energia al massimo, qualcuno ha pianto, qualcuno ha riso, qualcuno è guarito definitivamente dai dolori che aveva e tutti ci siamo accorti che ci volevamo molto bene e ci siamo scambiati anche i numeri di telefono così io ho messo molto fieno in cascina.

Alle dieci, prima di congedarci, il guru ci ha fatto la solfa finale:

«In questi due giorni abbiamo vissuto un'esperienza molto importante, spero che ne facciate tesoro e che riusciate a utilizzare l'energia che adesso avete per aiutare gli altri e per trovare un equilibrio esistenziale. Forse qualcuno di voi sarà scettico, ma non importa, certe volte sono proprio gli scettici le persone più ricettive, si nascondono dietro a un materialismo esasperato perché hanno paura di affrontare la loro vera natura. Nessuno è mai come sembra, ricordate, basta andare oltre le apparenze dietro le quali ci nascondiamo per scoprire che noi siamo il contrario di quello che siamo diventati. Trovate la forza di guardare dentro di voi, trovate la forza per gridarlo, prima di tutto a voi stessi, e diventate ciò che realmente siete. Niente succede per caso nella vita, se siete qui ora è perché il vostro karma vi ha condotto qui ora. Chissà quante incredibili coincidenze hanno fatto sì che voi siate qui ora, ebbene, sappiate che non sono coincidenze: era scritto!

Abbiamo tutti bisogno di aprire il nostro cuore e di ripulire i canali energetici dalla *rumenta*» (Govi ha tradotto proprio così: rumenta invece di spazzatura!) «che la vita di ogni giorno inesorabilmente accumula lungo le nostre vie energetiche, ora le abbiamo ripulite, ma dobbiamo stare attenti che non si sporchino di nuovo.

C'è un grande psicologo tedesco che molti di voi forse conosceranno, Karl Gustav Jung» (hanno annuito tutti anche se probabilmente non lo conosceva nessuno, infatti quello di fianco a me mi ha chiesto: «Ma non si chiamava Neil, di nome?»), «un uomo che si è sempre interessato alla spiritualità e al misticismo, che sosteneva una cosa secondo me molto giusta: diceva che una delle principali metamorfosi della nostra esistenza è quella che lui definiva «la svolta della vita» che avviene di solito tra i trenta e i quarant'anni quando si verifica un profondo mutamento interno. Spesso però le persone non sanno o non vogliono ascoltare i segnali che vengono dal proprio inconscio e non cambiano il loro modo di vivere, sprecando così la seconda metà della loro vita. Invece se la si compie decisa e fino in fondo, questa svolta, allora si diventa, da vecchi, il contrario di ciò che si era da giovani e i difetti di un tempo si trasformano in pregi; altrimenti si matura, forse, ci si adatta, ma non si cambia davvero.

È probabile che la svolta della vita si annunci, diceva Jung, con un sogno particolare, molto vivido, spesso quando si devono prendere decisioni difficili. Si può sognare un vecchio saggio, come uno stregone o un sacerdote o un monaco, figure di antenati, animali che danno aiuto, oppure qualsiasi uomo che si è conosciuto capace di consigliarci per il nostro bene, spesso si sognano nuvole minacciose e cariche di pioggia, il vento, una tempesta, e tutto ha un grande valore simbolico. In quel periodo, inoltre, è possibile che capitino strane coincidenze che Yung chiamava "significative" proprio perché non sono affatto coincidenze...

Porca miseria, se lo sapevo prima lo dicevo a Gavino, pestare una merda per lui sarà stata una coincidenza significativa.

Siete stati tutti molto ricettivi e sono contento di questo, ma c'è tra di voi uno spirito superiore, un uomo che è a un passo dalla svolta della vita, uno che se riuscirà a non disperdere l'energia, a non riempire di nuovo di *rumenta* i suoi canali energetici, potrà veramente realizzare il suo karma e aiutare gli altri in questo difficile percorso che è il nostro passaggio su questa terra, e spero che lo vorrà fare, che lo saprà fare. Io questi corsi non li faccio per soldi sapete...

No di sicuro, centocinquanta euro a persona per trenta fanno quattromila cinquecento euro, togliamone duecentocinquanta al massimo per l'affitto della sala e altri duecentocinquanta per Govi, che per uno che traduce spazzatura con rumenta sono anche troppi, e i restanti quattromila euro esentasse perché i guru non fanno fattura che fine fanno, li butti via?

...ma per portare nel mondo il messaggio del Reiki e per sperare di trovare di tanto in tanto spiriti superiori che possano caricarsi di questa sublime ma pesante eredità. Quest'uomo, ancora non lo sa, ma ha il privilegio di essere un guru, dipenderà solo da lui, adesso, riuscire a percorrere fino in fondo la strada verso l'illuminazione per capire il senso di questo privilegio».

Io non lo so a chi si riferisse il maestro di Reiki, a me no di sicuro perché io l'unica svolta che intravedevo era quella dell'uscita per andarmene via da lì il più presto possibile. E comunque nel caso si fosse riferito a me delle due l'una: o il maestro di Reiki è scemo o io sono un uomo molto spirituale. A voi la scelta.

Dopo il corso siamo andati a casa mia, e nel tragitto Maria mi ha detto, senza che io le chiedessi niente: «Sì, ma prima proviamo qualche esercizio Reiki d'accordo?».

Le ho risposto di sì.

Siamo arrivati a casa mia che saranno state le undici, alle undici e un minuto avevamo già finito di fare esercizi Reiki.

Per il resto tutto secondo copione. Telefonata improvvisa, io che sbianco in volto, che barcollo, che porto le mani sul viso eccetera eccetera: «La mamma, la mamma sta male, un ictus».

L'ictus però non è bastato, Maria ha continuato a cercarmi per una settimana, ho dovuto farla morire, la mia povera mammina... alla lunga, non porterà mica sfiga?

India... sono partito per l'India devastato dal dolore per l'improvvisa perdita della mamma.

Sono uscito definitivamente di scena, *la sera prima di partire*, al telefono. Non è stato facile scaricare Maria, voleva venire a trovarmi, sono stato costretto a dirle che c'era mio padre in casa, disperato, e che almeno quell'ultima sera, avrebbe dormito da me.

Poi l'ho salutata regalandole frasi d'amore, brevi frammenti di poesia e citazioni dotte: Eraclito, mi pare. Sì, mi pare si trattasse di Eraclito.

Ah, dimenticavo, Maria non era vergine, ovviamente, ma quando due giorni dopo ho visto Saro non gliel'ho detto, mi dispiaceva, anzi gli ho detto che mi ero stufato, che aveva ragione lui, che era vergine, che io non ero il tipo per donne serie e gli ho dato il numero di telefono di Maria.

Lui mi ha ringraziato. Sputando per terra.

XVI

Ho conosciuto Andrea poco più di un mese fa. Ero dalla mia amica Sandra che ha un negozio di prodotti naturali, dove vado soprattutto per parlare con lei che è una persona molto spirituale, e qui a Molassana non è che se ne trovino molte, di persone spirituali, quando sentiamo il rombo esagerato del motore di un'auto di grossa cilindrata, come quando i meccanici accelerano in folle per provare la messa a punto.

Guardiamo e vediamo uno che ha appena posteggiato la sua Porsche blu cobalto con le ruote sul marciapiede proprio davanti al negozio e che accelera ancora a vuoto due o tre volte prima di spegnere il motore, proprio come quei meccanici che ho detto, o gli scemi.

Guardiamo meglio anche un po' scocciate per via del rumore, del fumo nero che stava impuzzolendo l'aria perfino dentro al negozio e per questo sistema che hanno certi maleducati di posteggiare sul marciapiede, quando il tipo della Porsche esce dalla macchina e viene proprio verso il negozio.

Sandra mi dice: «Ma che elemento è questo qui, speriamo che non venga in negozio».

Invece «l'elemento» entra proprio in negozio e dà subito chiari segni di insofferenza. Allora dico a Sandra di servirlo pure anche perché sono proprio curiosa di sapere che cosa può volere un tipo così in un negozio di prodotti naturali.

L'elemento mi ringrazia gentile e giustifica la fretta indicando la Porsche posteggiata in modo approssimativo.

Sandra e io non riusciamo a trattenere una lieve smorfia di disappunto per come uno possa sottolineare il fatto di aver posteggiato la macchina in quel modo.

Subito dopo l'elemento chiede un chilo di carote, e mentre Sandra glielo prepara, inaspettatamente, si mette a discutere con lei di agricoltura biologica, e lo fa con competenza e un'ottima proprietà di linguaggio.

Dice che è stato il primo in Italia a fare agricoltura biologica tanti anni fa e ci fa anche ridere con qualche battutina simpatica. È proprio vero che le persone non vanno mai giudicate dalle apparenze.

Quando esce, Sandra dice: «È proprio simpatico, però se quello ha piantato una sola carota in vita sua, io chiudo il negozio di prodotti naturali e ne apro uno di transgenici».

Dopo cinque minuti esco anch'io anche perché lo vedevo aggirarsi disperato intorno alla macchina e frugarsi dappertutto… non trovava le chiavi della sua luccicante e bellissima Porsche. Comunque, per fortuna, le ritrova e poi inizia a parlarmi.

Ha un modo di fare veramente accattivante, è sicuro di sé, gentile e un po' sfrontato, riservato e impertinente al tempo stesso, insomma, devo ammettere che è un uomo affascinante. Ha due occhi scuri, mobili e magnetici, il viso dai tratti decisi ma regolari e con un certo non so che di orientale, un bel sorriso aperto e luminoso, un timbro di voce gradevole, caldo e naturalmente impostato, il fisico asciutto, agile e ben proporzionato. Non molto alto ma molto maschio, decisamente molto maschio. E poi il particolare più importante: ha i capelli com-

pletamente rasati a zero, alla Bruce Willis per intenderci, che in qualche modo gli danno un'aria ancor più intrigante. Insomma, quasi senza accorgermene mi ritrovo con lui a bere una tisana di melissa in un posto molto raffinato dove lui va di solito a bere tisane e dove lo conoscono tutti.

Già lo conoscevano tutti ma non io... Io con uno sconosciuto in un bar. Se me lo avessero detto non ci avrei creduto, giuro!

Andrea è un uomo straordinario, ora che è passato più di un mese da quel giorno lo posso dire con la massima certezza. È molto spirituale, è un infermiere, ma cura la gente con le tecniche più strane. A me, ad esempio, ha fatto passare completamente il mal di schiena con i rapanelli. È anche molto sensibile, forse troppo, lo si capisce da come ama gli animali, specialmente i cani. Io ho un cane, bellissimo, un golden retriever di otto mesi, e mi sarebbe piaciuto uscire tutti e tre insieme, e anche a lui sarebbe piaciuto, ma dopo la prima volta non se l'è più sentita, poverino. Gli ricordava il suo che è morto quasi un anno fa, gli pareva di tradire la memoria del suo cane a stare col mio, sentiva che si stava già affezionando ma che era troppo presto. Lo capisco, e così ho rispettato questo suo desiderio, chi ha avuto un cane e l'ha amato come lui ha amato il suo queste cose le sa, ma sa anche che è solo questione di tempo, chi ama i cani non sa stare senza di loro. Diventeranno grandi amici Andrea e Krishna, lo sappiamo benissimo tutti e tre e Krishna colmerà il grande vuoto che Ari, così si chiamava il suo cane, gli ha lasciato nel cuore. Anzi, lo voglio dire a bassa voce ma Andrea è convinto che Krishna sia la reincarnazione del suo Ari, e anch'io me ne sto convincendo tanto che ormai ho quasi deciso di fargli una bellissima sorpresa, al mio Andrea, ho deciso di regalargli Krishna! Chissà come sarà contento.

Andrea ha girato il mondo, è stato dovunque, e racconta dei suoi viaggi in modo così suggestivo che sembra di essere lì sul posto con lui.

È una persona che legge molto, soprattutto libri di spiritualità. A me ha regalato un libro bellissimo: La profezia di Celestino, *e ora grazie alle nove illuminazioni del profeta Celestino mi sento molto più «ricca dentro» e ho capito che noi siamo «una parte integrante del tutto» .*

Lo stesso giorno che ci siamo conosciuti, l'ho invitato a una cena macrobiotica e lui ci ha fatto trascorrere una serata indimenticabile parlando di coincidenze karmiche, di aura, di cure alternative, di macrobiotica, di bioarchitettura energetica, di sottili differenze tra cibi yin e yang, di reincarnazione. In una sua vita precedente è stato un monaco cristiano giapponese, e io che credevo che in Giappone nemmeno esistessero i monaci cristiani!

Poi ci ha raccontato di quando uno sciamano messicano lo ha iniziato al peyote, che è un fungo allucinogeno che ti fa entrare realmente in contatto con la tua natura.

Eravamo tutti rapiti da come Andrea descriveva fin nei minimi particolari quello che gli era successo, allucinazioni comprese. Pensate che beveva l'acqua da una ciotola insieme a un cane e poi vedeva l'acqua andare giù per la gola del cane come se la gola del cane fosse stata di vetro.

Si potrebbe scrivere un libro su una storia così!

Mio Dio, ero così affascinata da lui quella sera che quando mi ha accompagnata a casa gli ho chiesto di salire da me e per una volta tanto nella mia vita avrei fatto una pazzia, sarei andata a letto con un uomo che avevo appena conosciuto.

Io sono una che va con i piedi di piombo, sono una difficile, ma quella sera non so cosa sarebbe successo se lui non fosse stato il galantuomo che è.

Andrea invece ha preferito aspettare, perché lui per fare l'a-

more deve amare veramente una donna, altrimenti non gli interessa.

Io ho trovato la cosa veramente fantastica anche se lì per lì ci sono rimasta un po' male e mi sono venute anche le lacrime agli occhi.

Il fatto è che Andrea, senza saperlo, mi ha aiutata a uscire definitivamente da un rapporto devastante che si trascinava da tantissimo tempo. Durante la cena di cui ho detto sono rimasta sola per qualche minuto con Gavino, il padrone di casa, mio amante da cinque anni, e Gavino, approfittando della momentanea assenza di quella santa donna di sua moglie che era andata con Andrea in cantina per vedere se c'erano per caso dei blocchi energetici, mi voleva costringere a un fugace rapporto orale.

Fortunatamente, dato che Gavino, nonostante il tantra soffre di eiaculazione precoce, appena ho incominciato, controvoglia, a sbottonargli i pantaloni, forse eccitato dalla situazione particolare, ha avuto il suo bell'orgasmo.

Grazie ad Andrea però, tutto ciò è solo un lontano ricordo. Nonostante sia passato poco più di un mese da allora e nonostante Gavino non la smetta di tormentarmi per tornare con lui o almeno per fare l'amore per un'ultima volta, sempre che un rapporto sessuale molto new age ma per forza di cose non penetrativo possa considerarsi fare l'amore.

Le quattro settimane successive sono state bellissime e molto spirituali.

Naturalmente abbiamo mangiato sempre cibo biodinamico e macrobiotico (Andrea è un integralista dei prodotti naturali, non c'era verso di trovare in casa sua qualcosa che non fosse rigorosamente biologico), perfino il cotechino di tofu che è buonissimo e sembra proprio cotechino di maiale; ricordo che a ca-

podanno dell'anno scorso, quando non ero ancora vegetariana, ho mangiato il cotechino Citterio ed era identico a quello di tofu. E poi dicono che la cucina macrobiotica non sa di niente!

Una sera, poi, siamo andati con Gavino e Consuelo a cena in un ristorante giapponese e Andrea era l'unico che riusciva a mangiare con i bastoncini, chissà dove ha imparato, probabilmente quando è stato sei mesi in Cina.

Andrea mi ha insegnato tante cose: ma soprattutto mi ha insegnato ad apprezzare le piccole cose. Sembravamo bambini, a correre a piedi nudi sull'erba coperta di rugiada, ad abbracciare gli alberi, come fa il grande filosofo-scrittore Romano Battaglia, a fare tutte queste cose così semplici ma così vere. Ogni tanto Andrea cercava di abbracciare anche me, insomma, ci siamo capiti, ma ora ero io che preferivo aspettare ancora un po', e d'altra parte Andrea mi dava ragione.

Eppure non so, c'era qualcosa in lui, a dire la verità, che non mi convinceva proprio del tutto, a volte sembrava quasi che con me recitasse una parte studiata apposta. Il giorno che abbiamo abbracciato gli alberi, ad esempio, eravamo in perfetta sintonia con l'Universo e Andrea mi stava insegnando a proiettare la nostra energia sull'albero. Io stavo vivendo un'indescrivibile sensazione estatica e provavo Vero Amore per l'albero e iniziavo a vedere i campi di energia che fluttuavano tra me e tutte le cose della natura, così come ci insegna il grande profeta Celestino, quando, improvvisamente, Andrea si è messo a tirare calci al suo albero solo perché si era sporcato il maglione di resina. Povero albero, chissà come ci sarà rimasto male. Andrea non aveva capito che la resina era il modo con cui l'albero tentava di comunicare con lui per trasmettergli energia e amore. Quel giorno abbiamo litigato, perché, quando gliel'ho fatto notare, lui è stato molto scortese con me e con tono brusco mi ha detto:

«Ma che cazzo dici? Piantala con queste stronzate, vaffan-

culo te e l'albero», e anche se subito dopo si è scusato sono rimasta sconcertata dal suo atteggiamento materialista e volgare e per un attimo ho dubitato sulla sua reale compenetrazione spirituale. Ma sono stati soltanto dubbi passeggeri che ho fugato definitivamente poco più di una settimana fa durante un corso di Reiki, dove lui è stato davvero fantastico e anche il maestro di Reiki e tutti gli altri del corso sono rimasti veramente impressionati dalla sua energia spirituale.

La sera del corso, finalmente, abbiamo fatto l'amore, per la prima e unica volta, almeno per ora.

Insomma... mi aspettavo di più, dieci minuti ed era tutto finito. Intendiamoci: per come ero abituata io quei dieci minuti sono stati una beata eternità, visto che tra l'altro, eccitati come eravamo, abbiamo saltato i preliminari; mai fatto l'amore per così tanto tempo negli ultimi cinque anni, anzi, come ho detto, a causa di questo problema dell'eiaculazione precoce di Gavino, mai fatto l'amore!, pensate che ero praticamente tornata vergine, almeno è questo quello che mi aveva detto il ginecologo due mesi fa dopo una lunga e accurata visita. Eppure da quanto mi pareva di aver intuito sulle abilità amatorie di Andrea devo dire che mi aspettavo molto di più. C'è da dire però che eravamo tutti e due molto stanchi, e poi Andrea era un po' preoccupato perché da due o tre giorni sua madre non stava tanto bene.

La prossima volta andrà sicuramente meglio, anche se non so ancora quando sarà la prossima volta.

Poco dopo aver fatto l'amore, infatti, gli hanno telefonato dall'ospedale per avvisarlo che la sua mamma aveva avuto un ictus. Potete immaginare la scena, sono sicura che la potete immaginare.

Poverino, nonostante quella notizia terribile voleva accompagnarmi a casa, ma io gli ho detto di non preoccuparsi per me che avrei preso un taxi, e di correre subito da sua mamma malata.

«Sei sicura che non vuoi che ti accompagni a casa?».

«Stai tranquillo Andrea, prendo un taxi, ci vediamo domani, non ti preoccupare».

«Ascolta Maria, ora con questa storia di mia madre non so cosa succederà, però comunque vada, devo dirti una cosa che potrebbe farti del male ma che poi capirai che invece è un bene».

Mi ha guardato che quasi piangeva e anche io che non capivo stavo veramente male.

«Devo tornare in India per un po', queste settimane con te mi hanno fatto capire che ho bisogno di meditare più a fondo su di me... su di te... su di noi. Non ho dubbi credimi, ma devo incontrarmi col mio guru, devo parlargli di noi, devo realizzare fino a che punto le nostre vite... il nostro karma... insomma, capisci quello che intendo».

Capivo e non capivo, così... improvvisamente.

«Ma chi sarebbe questo guru?», gli ho chiesto.

«Sai Baba».

«Sai Babaaa? Ma chi, quello che gli esce la cenere miracolosa dalle mani e che materializza oggetti dal nulla? Ho letto su "Chi" che è il più grande mistico orientale vivente!».

«Sai Baba, Sai Baba, proprio Sai Baba, siamo amici, insomma, proprio amici no, è il mio guru da quindici anni. Lo vedi questo orologio? Me lo ha materializzato lui».

Ma vi rendete conto? Sai Baba è il suo guru! E gli ha materializzato un Seiko... pazzesco!

«Ma quanto hai intenzione di stare?».

«Ma, non so, l'ultima volta sono stato sei mesi, ho preso aspettativa e sono stato sei mesi, comunque adesso non ci pensiamo anche perché c'è questa faccenda di mia madre, ti telefono appena le cose si mettono meglio e magari rimando, magari vieni con me, non so, anche se non sarebbe la stessa cosa, magari non parto, vediamo».

Sono passati cinque giorni da quella notte e non l'ho più sentito. L'ho chiamato a tutte le ore per avere notizie ma rispondeva sempre la segreteria telefonica dove lui, con la sua voce maschia e sensuale, diceva: «Oui, je suis Catherine Deneuve, lasciate un messaggio dopo il segnale acustico e sarete richiamati», e ogni volta lo pregavo di richiamarmi.

Non mi ha mai richiamato. Nell'ultimo messaggio gli ho lasciato detto che avrei provato ancora una volta a telefonargli e poi sarei andata sotto casa sua ad aspettarlo lì, a costo di aspettarlo per ore.

Ieri finalmente, quando ho provato a fare quest'ultima telefonata, ha risposto, mi ha detto che sua madre era morta, che avevano già fatto i funerali e che lui era sconvolto e che mi avrebbe voluto telefonare proprio quella sera perché l'indomani sarebbe partito per Puttaparthi per raggiungere Sai Baba.

Gli ho detto che sarei corsa subito da lui, ma Andrea mi ha risposto che era meglio di no, che c'era lì suo padre sconvolto:

«No, è meglio che non vieni, c'è qui mio padre distrutto, un uomo finito, puoi immaginare, quarant'anni di matrimonio, l'unico grande amore della sua vita, credo anche l'unica sua donna, almeno ancora per stasera lo vorrei tenere con me».

«Oh Andrea, ti prego, non partire». Gli ho detto allora io perché non riuscivo più a immaginare la mia vita senza di lui.

«Non posso Maria, vorrei ma non posso», mi ha detto con la voce rotta dal pianto, «io ti amo Maria, tu mi travolgi, ma il dolore Maria, il dolore che sento mi travolge anche quello. Addio Maria, ma stai tranquilla, il tempo, le distanze, gli affanni, passeranno... Panta (e qualcos'altro che non ricordo) e io tornerò, e se tu ci sarai, anche io ci sarò. E ci sarà tempo, Maria; tempo per te e tempo per me, perché il più bello dei mari è quello che non navigammo, Maria. I più belli dei nostri giorni non li abbiamo ancora vissuti, e quello che vorrei dirti di più

bello non te l'ho ancora detto, Maria, e se vorrai ascoltarmi, se saprai aspettarmi, quando verrà il tempo te lo dirò».

Così mi ha detto. Un poeta[1].

A quest'ora sarà sull'aereo per l'India distrutto dal dolore, speriamo mi pensi almeno un po', speriamo che Sai Baba lo aiuti a superare questo brutto momento.

Che uomo fantastico è Andrea, è così spirituale. Credo di aver trovato finalmente l'uomo giusto... Sì, credo proprio di aver trovato il mio karma.

1. Maria ha ragione quando dice "un poeta", perché le frasi del romantico congedo di Andrea nascono dalla sua mirabile fusione di strofe di Eliot e Hikmet.

XVII

Con Maria ho commesso soltanto due errori, ma due errori imperdonabili.

Il primo, il più grave, è stato quello di non essermi accorto che la sera della cena macrobiotica Maria era così entusiasta di me che forse per la prima volta in vita sua avrebbe fatto una follia. Ho perso l'attimo e l'ho pagato con un mese di rotture di balle spirituali. D'altra parte rinunciare per me sarebbe stato inconcepibile, e poi Maria, se anche non era questo colosso del pensiero, era una donna molto attraente – e in certi giorni, quando si vestiva "all'occidentale", un vero schianto – inoltre devo ammettere che questa sua ritrosia se per certi versi mi indisponeva per altri la rendeva ancor più desiderabile.

Il secondo errore, quasi altrettanto grave, è stato quello di esserci andato a letto subito dopo il corso di Reiki.

Non so cosa mi sia successo, davvero non lo so, ma *venti minuti* ed era tutto finito, e per me che sono un maratoneta del sesso venti minuti sono niente. Il fatto è che ero veramente stanco perché il sabato avevo dormito sei ore con questa storia che ci hanno mollato a mezzanotte e che alle otto della domenica dovevamo essere di nuovo lì. E poi, forse, tutta quell'energia che avevo assorbito non sono riuscito a controllarla e l'ho *canalizzata* subito!

Maria naturalmente non l'ho più vista e ho continuato la mia solita vita. Con un amico in più: Saro.

Ormai quasi non passava giorno che con Saro non ci vedevamo, o da Ditasudicie per un bianco e un panino, o per conto nostro. Per quanto ne so, Saro, da quando ho lasciato Maria, tre mesi fa, non le ha ancora telefonato, la segue. Saro dice che prima di telefonare a una donna bisogna seguirla almeno per sei mesi per assicurarsi che non abbia una doppia vita, e anche per conoscerla meglio.

Ditasudicie invece si è fidanzato. Ha preso una bella scuffia per una badante ecuadoregna. Io non l'ho mai vista, o forse sì perché mi ha detto Saro che veniva al chiosco col suo ex, ma comunque non me la ricordo. Saro dice che non è un granché e che sta con lui per i soldi, o meglio per i panini, visto che Ditasudicie la rimpinza gratis. È giovane, ha ventidue anni, ma per usare le stesse parole di Saro è «tracagnotta, di *zampa* corta, col *muso* un po' schiacciato e di *mano molla*», e questo è un bruttissimo segno perché Saro, che sostiene di capire se una donna è potenzialmente infedele da come gli da la mano quando gliela presenta il marito, dice che la «mano molla» è indice di gatta morta o meglio di acqua cheta ma che non dice mai di no, che magari non gli interessa più di tanto, ma che se si insiste un po', se non altro per indolenza, non riesce a dire di no, e tradisce. Io spero che si sbagli, non tanto per Ditasudicie, ma per quel poveraccio che lo dovesse fare cornuto, la volta che se ne accorge.

Se devo essere sincero, però, non è vero che ho continuato con la mia solita vita, cioè, apparentemente sì, ma dentro di me è successo qualcosa che non saprei spiegare, mi sentivo strano, stavo attraversando un momento di crisi che si potrebbe definire esistenziale, anche se per uno come me dire così suona come una bestemmia, eppure... Un po' di tempo fa, ad esempio, mentre stavo abbordando una tipa per strada, anche piuttosto malmessa, ho avuto come uno sdoppiamento e mi sono visto da fuori, e quello che ho visto non mi è piaciuto, di colpo la mia vita mi è sembrata inutile, sprecata, mi sono venuti dubbi, incertezze che non avevo mai avuto. Mi sono chiesto perché non mi sono mai innamorato di una donna, eppure ne ho incontrate tante, e tra queste devo ammettere che certe erano intelligenti, sensibili, interessanti, forse qualcuna di loro sarebbe stata perfetta per me, se solo avessi voluto conoscerla meglio, e invece sono scappato via. Eppure non sono così privo di sentimenti come potrebbe sembrare, confesso che certe volte, quando non mi vede nessuno, mi commuovo davanti a un film, come direbbe Concato. Insomma mi sentivo un po' Mr Hide e un po' dottor Jekyll, anche se non saprei dire se il solito Andrea Zanardi è Hide o Jekyll. In certi momenti ero sempre il solito Andrea Zanardi, menefreghista, naif e un po' guascone, ma soprattutto libero, nella vita ma anche nella testa, in altri entravo in crisi e mi venivano queste paranoie, anche se non lo davo a vedere. Per la maggior parte della giornata continuavo ad essere l'Andrea Zanardi che conoscevo, ma mi rendevo conto che il mio comportamento era un po' forzato, non ero più naturale come un tempo, sembrava che volessi convincere gli altri, ma soprattutto me stesso, che ero sempre il solito. Una volta mi sono sorpreso addirittura a parlare con una donna ed essere realmente interessato a quello che diceva!

Inoltre è successa una cosa che ha dell'incredibile: il Reiki con me ha funzionato!

All'inizio non ci credevo neppure io ma poi mi sono dovuto arrendere all'evidenza. Nei giorni immediatamente successivi al corso ho fatto smettere di fumare un collega solo tenendogli i suoi pacchetti di sigarette tra le mani e sfiorandolo un po'. Le sigarette non sapevano più di niente, erano Marlboro e sembravano paglia, e il collega non ha più fumato.

Suggestione, ho pensato. Ma poi in quattro sedute di sfioramenti ho guarito mia madre dai laceranti mal di testa che la perseguitavano da vent'anni, più o meno da quando mio padre ha smesso di interessarsi sessualmente a lei.

Roba da sei Optalidon al giorno, mica uno scherzo!

Ho guarito in una sola seduta mio padre da un certo problemino che aveva negli ultimi tempi e sono proprio contento per tanti motivi, ma soprattutto perché era già andato due volte in overdose da Viagra. Ora mi dice che è tornato un ventenne e che rivolge di nuovo le sue attenzioni perfino a mia madre e allora, però, a pensarci bene, è forse per questo che a mia madre sono passati i mal di testa.

Ma la cosa più sconvolgente è successa due mesi fa. C'era un "menisco" in terza giornata col ginocchio gonfio come un melone e non c'è bisogno che vi dica perché. Oggi con i menischi non ci sono problemi nemmeno in seconda giornata perché piegano subito la gamba, anche se, se non stai attento, il ginocchio si può gonfiare un po'. Si vede che non ero stato attento! Allora un giovane medico appassionato di medicina alternativa mi ha fatto chiamare per vedere cosa riuscivo a fare con il Reiki. Io le avrò tenuto le mani sopra al ginocchio sì e no dieci minuti e dopo due ore il ginocchio era tornato perfettamente normale. Incredibile, davvero. Il giovane medico è rimasto sconcertato e mi ha detto che dovrei coltivare queste mie straordinarie capacità, che dovrei andare in Giappone dove il Reiki è un'arte medica riconosciuta, dove ci sono i più grandi maestri Reiki del mondo e dove curano la gente col Reiki addirittura negli ospedali, e poi mi ha parlato di un posto, a Tokyo, dove insegnano il Reiki, dice che parlano inglese. Io l'inglese lo so, ho fatto il linguistico e quando avevo vent'anni nell'unica volta che mi sono mosso da Genova ho vissuto quasi un anno in Inghilterra facendo strage di londinesi. E poi per uno come me l'inglese è uno strumento di lavoro. Certo però, che se non fosse per come mangiano mi piacerebbe andare in Giappone, ho pensato, non solo per il Reiki, ma anche per le giapponesi, che io per la donna orientale ho sempre avuto un debole; forse viaggiare un po' mi avrebbe fatto bene, mi avrebbe aiutato a ritrovare me stesso, il vecchio caro solito Andrea Zanardi voglio dire! Avrei finalmente potuto castigare le straniere nelle loro terre natie come ai bei tempi di Londra, che poi io sulla straniera sono sempre stato un po' carente se devo dire. Cosa volete, a Genova e zone limitrofe non è che ci sia tutto questo gran via vai di straniere, sì, d'accordo, se bazzichi intorno ai musei *qualcosa gira sempre* e se ti studi bene la storia delle opere esposte hai anche l'approccio agevolato, ma la straniera da museo di solito è l'antitesi del sexy: salopette, scarpa da tennis o sandalo Birkenstok, occhiali da intellettuale, capelli sporchi, senza soldi con lo zaino e sudata, allora, piuttosto, preferisco buttarmi sull'italiana da balera, con la zeppa e il vestitino aderente di poliestere. Così ho ragionato seriamente sull'eventualità di andare a farmi una vacanza da quelle parti, anche per staccare un po' dal lavoro. Erano dieci anni che quasi non prendevo più nemmeno le ferie, ero un po' stanco, dico la verità, i turni alla lunga sono pesanti da sopportare. E poi avrei unito l'utile al dilettevole, sarei potuto andare di persona in questa scuola di cui mi aveva parlato il giovane medico per vedere un po', indagare, prendere informazioni di prima mano ed eventualmente iscrivermi a un corso, in un secondo tempo, naturalmente.

Ma guarda cosa mi doveva capitare, proprio io, che sono l'uomo più materialista del mondo dovevo avere queste incredibili facoltà taumaturgiche. Devo dire che ero piuttosto turbato, mi ritrovavo a pensare al senso della vita, che fino ad ora la vita per me aveva solo un senso: scopare più donne possibili. Ho passato parecchie notti insonni, a pensare e ripensare alle parole che ha detto il maestro di Reiki quando ci ha fatto il discorso finale:

...Forse qualcuno di voi sarà scettico, ma non importa, certe volte sono proprio gli scettici le persone più ricettive, si nascondono dietro a un materialismo esasperato perché hanno paura di affrontare la loro vera natura. Nessuno è mai come sembra, ricordate, basta andare oltre le apparenze dietro le quali ci nascondiamo per scoprire che noi siamo il contrario di quello che siamo diventati... Spesso però le persone non sanno o non vogliono ascoltare i segnali che vengono dal proprio inconscio e non cambiano il loro modo di vivere, sprecando così la seconda metà della loro vita... Siete stati tutti molto ricettivi e sono contento di questo, ma c'è tra di voi uno spirito superiore, un uomo che è a un passo dalla svolta della vita... Quest'uomo ancora non lo sa, ma ha il privilegio di essere un guru, dipenderà solo da lui, adesso, riuscire a percorrere fino in fondo la strada verso l'illuminazione per capire il senso di questo privilegio...

Che si riferisse proprio a me? Ma poi, anche se fosse, quale sarebbe mai il privilegio di essere un guru? Io non ci vedo nessun privilegio. I guru, quelli veri, sono mistici e ascetici, non mi sembra un gran privilegio, per uno come me, poi.

L'unico privilegio che avrei voluto avere nella vita sarebbe stato quello di non faticare tanto per portarmi a letto una donna, certe volte sarei voluto essere veramente come uno di questi uomini carismatici e pieni di fascino a cui basta un sguardo e quattro parole ben dette per far cadere le donne tra le loro braccia, e invece io ogni volta me la sono dovuta sudare. Tranne quelle poche che ci sono state perché ci volevano stare, con le altre è stato un lavoro.

Un mese fa ho fatto un sogno terribile, così nitido e preciso che me lo ricordo perfettamente ancora oggi: c'ero io e c'era Maria, eravamo in un bosco di alberi secolari e soffiava un vento fortissimo, le fronde degli alberi si piegavano alla violenza delle raffiche che annunciavano un temporale. Tutt'intorno l'atmosfera era inquietante, nuvole nere e cariche di pioggia si avvicinavano minacciose. Noi eravamo lì perché volevamo fare l'amore, ecco sì, c'era un tale trasporto dentro di me, nel sogno, che fare l'amore è il termine più appropriato, ma io non ci riuscivo, ci provavo, ci provavo e non ci riuscivo, cilecca totale. Mi disperavo, ero arrabbiato, imbarazzato, ansioso. A un certo punto, mi sono sentito chiamare da una voce lontana che mi diceva: «Andrea, lascia stare, non sono più cose per te queste, vieni con me, vieni...», mi sono girato e ho visto che alle mie spalle c'era un uomo illuminato da un'aura di luce e sopra di lui il cielo era sereno. C'era pace lì, tranquillità. All'inizio non capivo chi fosse, perché era molto più vecchio di come lo ricordavo e aveva una gran barba bianca esattamente come quella che ha mio padre, ma poi ho capito che era il maestro di Reiki, l'americano, che mi guardava, sorrideva e mi faceva segno di andare da lui. Io allora ho fatto qualche passo verso di lui e gli ho urlato: «Non posso, sono qui per fare l'amore con Maria e non ci riesco, devo riuscirci, non mi è mai capitata una cosa del genere, vai via, ti prego, che se no non ce la faccio», ma lui continuava... «vieni, vieni, non avere paura di lasciarti andare». Mi sono girato verso Maria, come per dirle «ma cosa vuole da me questo qui?». E Maria non c'era più, ma c'era mio padre, in piedi, che mi sorrideva e mi faceva cenno con la mano di andare, e allora mi sono diretto verso l'americano e a poco a poco mi sono sentito leggero come il vento che d'improvviso era calato, sereno come non sono mai stato, senza più nemmeno la rabbia per la cilecca. Mi sono girato ancora e adesso c'era di nuovo Maria che mi salutava, e dietro di lei c'erano, confuse tra la nebbia e la pioggia che ora cadeva fitta, tutte le altre donne che ho avuto. Dietro di me il temporale infuriava sempre più intenso, davanti a me solo l'azzurro terso del cielo e il bianco candido delle nuvole in lontananza e io ho pensato: «Nuvole bianche dopo la tempesta!». Mi sono svegliato che grondavo di sudore con quella frase che mi rimbombava nel cervello.

Il maestro di Reiki, appena sono arrivato di fronte a lui, mi ha sorriso ancora e poi mi ha abbracciato e mi ha accarezzato i capelli che nel sogno avevo lunghi e ricci come quando avevo sei anni. Io mi sentivo come un bambino tra le braccia della mamma, ero felice ma piangevo, e lui, senza più parlare, mi ha preso per mano e mi ha portato via.

Sì, era bene che mi riposassi per un po'! Mio padre ha coniato una bella frase, quando gli prendono le crisi dice sempre che «anche per chi naviga da una vita arriva un'età in cui deve sbarcare»[2], lui non lo ha mai fatto, e neanch'io lo voglio fare, però sentivo che forse uno scalo mi ci sarebbe voluto. Ma a questo punto avevo deciso di fare uno scalo lungo, sei mesi di aspettativa, non un giorno di meno. Venti giorni a Tokyo, innanzi tutto, e poi sarei potuto rimanere in Giappone e iscrivermi a quella scuola o girare il mondo, all'avventura! E la prima tappa sarebbe stata la California! La terra dei miei sogni, il paese del bengodi. Mi ha detto il giovane medico che in California il Reiki è molto praticato, che lui ne è venuto a conoscenza proprio durante un congresso a Los Angeles. A parte tutto, io questa faccenda del Reiki la potrei anche sfruttare. Già mi ci vedo in California che faccio Reiki alle californiane, e se butta bene, io ci resto, in California, apro un chiosco di Reiki sulla spiaggia e chi s'è visto s'è visto.

2. In realtà la frase è di Italo Calvino.

XVIII

Quando sono passato in agenzia per informarmi sul viaggio mi è venuto un accidente: un albergo discreto, in mezza pensione, per venti giorni, tra volo e tutto mi costava di più che se fossi andato per sei mesi in un bel tre stelle di Ovada (che col senno di poi sarebbe stato mille volte meglio, sotto tutti i punti di vista).

«Perché in Giappone il tenore di vita è altissimo», mi ha detto la tipa dell'agenzia, a letto, qualche sera dopo, «comunque, se hai pazienza ti trovo qualcosa di più abbordabile, magari un last minute, oppure ci andiamo insieme, *amore*, a ottobre che chiudo per un po' e i giapponesi contemplano le foglie ingiallite dell'autunno».

«Insieme? Certo, ma da un'altra parte, a me contemplare le foglie morte, non so perché, mi mette tristezza, io in Giappone ci voglio andare adesso».

Così mi sono deciso e ho prenotato un viaggio con un volo Alitalia Milano-Tokyo (ho preferito volare Alitalia perché ero terrorizzato dall'idea di dover mangiare quelle schifezze giapponesi già sull'aereo) e diciotto notti al Keikan Tokyu Hotel, in mezza pensione.

Prima di partire sono andato in libreria a comprare una

valanga di guide sul Giappone, tanto per documentarmi un po'. Ho comprato anche un vocabolario italiano giapponese col suo libretto allegato da portarsi dietro dove c'erano scritte le frasi base tipo «vieni a cena?» o «ti posso offrire qualcosa da bere?» ecc. ecc.. Ho provato a studiarne qualcuna a memoria ma ho rinunciato subito, e l'unica frase che ho imparato è stata «*hitori*?» che vuol dire «sola?», che comunque era meglio di niente.

Poche ore prima di andare all'aeroporto sono passato a salutare Saro e Ditasudicie. È stato un addio composto ma commovente. Ditasudicie ha voluto prepararmi a tutti i costi due panini per il viaggio e Saro mi ha baciato in bocca, come si usa tra picciotti. Ditasudicie mi ha detto che da quando lo conosce gli avrà visto baciare in bocca sì e no cinque uomini (e neppure una donna, temo) e mai nessuno del Nord, e che quindi se lo ha fatto vuol dire che mi stima e che ora mi considera un vero amico, anzi un picciotto. Sono sincero, una bella soddisfazione.

E ora sono qui, a Tokyo, ma peggio di così non poteva andare. Altro che ritrovare me stesso, altro che avventura. Ma dico io, se ti deve venire una colica renale non ti può venire in Italia, prima di partire?, non parti, d'accordo, ma almeno sei in Italia, e invece no! Appena arrivato in Giappone, non ho fatto neppure in tempo a togliermi la giacca (si fa per dire) che ho preso la mazzata, una due cento coliche e ricovero urgente in ospedale.

Ma andiamo con ordine. In quell'unica volta che mi ero mosso da Genova per andare in Inghilterra avevo viaggiato in treno e così in vita mia non avevo mai preso un aereo e devo dire che ero piuttosto nervoso, anche perché, ebbene sì lo confesso, uno dei motivi per cui sono sempre stato piuttosto stanziale nasce proprio dalla mia paura di volare, nessuna fobia, intendiamoci, però, insomma, preferisco stare coi piedi per terra, in tutti i sensi. Inoltre l'atmosfera di cupa tensione che si respirava in sala d'aspetto dovuta alla presenza di alcuni passeggeri dai tratti mediorientali non aveva fatto che aumentare il mio disagio.

Come se non bastasse, a rendere tutta la situazione ancor più inquietante, uno degli arabi che si erano imbarcati con noi e che se ne stava seduto proprio due file davanti a me – ma dalla parte opposta – subito dopo il decollo si è messo a leggere con avidità e compenetrazione il Corano, e di questi tempi viaggiare in aereo con un arabo che legge il Corano è come doveva essere viaggiare su un transatlantico in mezzo agli iceberg subito dopo l'affondamento del Titanic. Fortunatamente poi si è capito, perché l'hostess facendo finta di essere interessata glielo ha chiesto, che, con grande sollievo di tutti, il libro che stava leggendo non era il Corano ma *Va dove ti porta il cuore* tradotto in arabo. Con grande sollievo di tutti ma non mio, perché dipende anche da dove ti porta il cuore, se ti porta contro un grattacielo non c'è da essere tanto sollevati.

Seduto vicino a me c'era un ingegnere nucleare giapponese, un tipo molto simpatico e gioviale (e gran puttaniere), col quale ho fatto amicizia e che mi ha dato delle dritte sul *movimento* a Tokyo. Purtroppo però non mi è stato di grande aiuto perché viveva a Hiroshima.

Anche se conosco piuttosto bene l'inglese, con l'ingegnere parlavamo in italiano perché lui, avendo lavorato per lungo tempo alla centrale di Caorso, se la cavava abbastanza bene con la nostra lingua anche se ogni tanto usava modi di dire abbastanza folcloristici.

«È un peccato che vai a Tokyo», mi ha detto quando eravamo già entrati in confidenza e stavamo gustando un panino di Ditasudicie del quale avevamo fatto a metà, «se venivi a Hiroshima ti facevo divertire io, pensa che c'è un locale dove non fai in tempo a entrare che già sei fasciato da donne stupende, ci sono certe *geishe* che ti fanno un *sanguone*...».

«Addirittura un sanguone!, le *geishe*?», gli ho detto sorridendo.

«Certo, gli devi dare un mucchio di yen però ne vale la pena».

«Gli devi dare un mucchio di yen? Ma scusa, nelle guide turistiche ho letto che le *geishe* non sono delle...».

«Lo sono, lo sono, se dai retta alle guide turistiche... quelle che dico io lo sono, fidati». Mi ha interrotto lui con l'aria di quello che la sapeva lunga.

Allora forse Consuelo aveva ragione quando diceva che in una vita precedente era stata una geisha, non ho potuto fare a meno di pensare.

«Pensa», mi ha detto, «che in questo locale, che è anche ristorante, ti servono da mangiare su una *geisha* nuda».

«Vuoi dire tipo piatto?».

«Esatto, tu puoi scegliere se la vuoi a pancia in giù o a pancia in su, poi il cameriere ti ci mette il *sushi*, gli intingoli vari, dove vuoi, anche nel buco del...».

«Che schifo! ma dai su...», l'ho interrotto mostrandogli il panino che stavo mangiando.

«E sì, altro che schifo!, dici così perché non hai mai provato», mi ha risposto con la bocca piena, «comunque poi... buono questo panino... cos'è, un *sushi* di sarda?».

«Diciamo di sì», ho risposto, laconico.

«Infatti mi pareva, cosa stavo dicendo?... Ah sì, poi, dopo cena, ti scegli *il piatto* che t'è piaciuto di più e te lo porti nel privé».

«Ah, perché, cambiano anche *i piatti*?».

«E certo eh! non vorrai mica mettere il *sushi* sulla stessa *geisha* del *tempura*? Ogni portata *un piatto* diverso… eh eh», e mi ha strizzato l'occhio ammiccando.

«E scusa, toglimi una curiosità, se per caso non hai i soldi per pagare il conto cosa succede, ti fanno fare il bagno alle *geishe*?».

Mi ha risposto di no, serio, non l'aveva capita, ma da un popolo che non ha la parola "barzelletta" nel vocabolario non si può pretendere tanto umorismo.

Presenza enigmatica dell'arabo a parte, il volo è filato abbastanza liscio. Il vassoio non era un granché ma per fortuna avevo con me i panini di Ditasudicie che come al solito erano eccezionali. Come ho detto, ho fatto a metà col mio amico giapponese che ha molto gradito, il gesto ma anche i panini, soprattutto quello col Tonno di corsa Florio e cipolle di Tropea rinforzato con le note varianti di Saro del quale, dopo il discorsetto dei *piatti umani*, ha voluto la ricetta.

A dire il vero tre ore prima di arrivare abbiamo vissuto alcuni minuti di tensione perché l'arabo si è alzato per andare in bagno. Da quel momento e fino a quando è tornato a sedersi siamo stati tutti col fiato sospeso e ci siamo tranquillizzati solo dopo che l'hostess è andata a controllare la toilette facendo poi segno allo steward che era tutto OK.

Forse per la tensione o per i panini che gli erano rimasti sullo stomaco o più probabilmente per tutto il bourbon che s'era scolato fino ad allora, qualche minuto dopo il mio amico di Hiroshima è diventato ancora più giallo e ha vomitato dentro uno di quei sacchetti in dotazione.

Quando s'è ripreso mi ha detto, allargandosi in un sorriso:

«Sei contento che ho vomitato?».

«Be', insomma, proprio contento no, comunque… emh,

diciamo di sì perché così almeno ti sei liberato», non sapevo che dire, ero molto imbarazzato, cosa si può rispondere a uno che ti chiede se sei contento che ha vomitato?

«Ma no cosa hai capito, guarda che in Giappone è bello vomitare...».

«*È bello vomitare?*», l'ho interrotto incredulo.

«Sì, certo, devi sapere che da noi se vomiti dopo che hai bevuto la gente è contenta perché vuol dire che ti sei lasciato andare, insomma vomitare è considerato un segno di amicizia e di stima verso la persona che è con te, anzi ti dirò di più, se ti capita di andare a cena con una donna poi se vomiti è meglio».

«Ma che cazzo dici... la pianti di sparare cazzate?, prima quella delle *geishe* che fanno sanguone, poi che le usano come piatti, ora questa che quando sei con una donna *se vomiti è meglio*, ma pensi che sia sceso dalla montagna con la piena, o cosa?», gli ho detto sempre più perplesso.

«Te lo giuro, Andrea è così!, fidati, anzi vale anche il contrario, se vai a cena con una donna che si ubriaca e vomita poi te la *spupazzi* di sicuro».

«Vabbè che c'entra, quello succede anche in Italia, anzi c'è gente che ci marcia», gli ho detto.

«Vedi? Allora perché ti stupisci?».

«Sì... ma... lasciamo perdere, è troppo lungo da spiegare».

In ogni caso anche se secondo l'ingegnere «se vomito è meglio» io non vomito, mi dispiace per la donna che sarà con me, probabilmente ci resterà male ma io non vomito, almeno, faccio il possibile per non vomitare e poi se non me la *spupazzo* pazienza.

Siamo atterrati al Narita alle sei di sera dopo un viaggio non proprio rilassante e senza che io abbia mai dormito. Non ci riuscivo, un po' per il vago senso d'ansia che ogni qual volta non ero distratto dai mirabolanti racconti del mio vicino di posto sentivo fluttuare nella pancia, un po' per l'obiettiva scomodità delle poltrone e un po' perché non ha mai dormito neppure l'arabo e io non potevo fare a meno di controllarlo, avevo paura che da un momento all'altro si alzasse e minacciando di leggere ad alta voce *Va dove ti porta il cuore* ci obbligasse, piuttosto, a scegliere la morte.

Dopo le formalità doganali, ho salutato il mio amico giapponese che doveva restare in aeroporto per aspettare la coincidenza per Hiroshima, e lui, nel darmi il suo biglietto da visita, ha insistito perché lo andassi veramente a trovare che mi avrebbe portato in quel locale «a farci una bella scorpacciata» (o ha detto *spupazzata*?).

Ricordo poco del mio primo impatto col Giappone: il traffico caotico di Tokyo, il tassista che mi parlava in giapponese e io non capivo niente, un biglietto che mi ha passato ammiccando con sopra il numero di telefono di sua cugina, un po' di depliant di night che mi ha messo in mano, i ventisettemila yen che io ho dovuto mettere in mano a lui per nemmeno cinquanta chilometri di strada, gli sguardi languidi delle giapponesine, la hall dell'albergo piuttosto anonima, il portiere che mi parlava in inglese e io che non lo stavo neppure a sentire perché ero distrutto, un po' di depliant di night che mi ha messo in mano, il foglietto con sopra il numero di telefono di sua cugina.

Dopo essere salito in camera a cambiarmi e dopo aver tentato inutilmente di aprire il cesso elettronico sono andato a cena affamato e ben disposto perché sapevo che c'era la possibilità di scegliere tra la cucina internazionale o quella tradizionale giapponese e io naturalmente avrei scelto quella internazionale. E fin qui tutto bene, anzi benissimo, perché in neppure due ore che ero in Giappone conoscevo gli indirizzi di tutti i casini di Tokyo, se fossi andato a Hiroshima mi sarei fatto *du tempura* su una *geisha* nuda e soprattutto avevo già il numero di telefono della cugina del tassista e di quella del portiere... buttali via!

Mi hanno piazzato in un tavolino in un angolo sperduto della sala da pranzo, praticamente dietro a una colonna, così ero sempre l'ultimo ad essere servito perché non mi vedevano, e io non vedevo nessuno, tranne la colonna. In ogni caso non mi perdevo niente: camerieri, tutti uomini; clienti, tutti uomini, perché il Keikan Tokyu Hotel era frequentato soprattutto da manager europei, e le uniche tre donne erano tre vecchie giapponesi (di cui una in carrozzella) che vivevano lì tipo casa di riposo.

La cena si capiva che era internazionale perché sopra a ogni portata c'era la bandierina del suo paese d'origine.

L'antipasto non so di che paese fosse perché non ho riconosciuto la bandiera e nemmeno gli ingredienti, so solo che faceva *angùscia*, che non è una parola giapponese.

Il primo dalla bandiera si è capito che era italiano, ma non ho capito cosa fosse.

Il secondo era il *gulasch*, credo, perché la bandiera era finita dentro l'unto del sugo e quando l'ho ripescata aveva perso il colore.

Sul dolce c'era la bandiera giapponese ma l'ho mandato indietro perché *si muoveva*, infatti due o tre pezzettini di dolce sono riusciti a scappare e si sono nascosti sotto a un tappeto.

Comunque, tranne il dolce, ho mangiato tutto perché avevo veramente fame.

Subito dopo cena sono salito in camera, ho preso un Maalox perché sentivo già i bruciori di stomaco, mi sono dato una bella rinfrescata, e dopo qualche vano tentativo di aprire il cesso elettronico mi sono buttato sul letto per riposarmi un po' prima di affrontare Tokyo by night, ma completamente fuso dal fuso orario e da quella cena tremenda, mi sono addormentato.

Alle cinque del mattino mi sono svegliato. L'ho sentita arrivare all'improvviso, come una scossa di terremoto. Ero in una sorta di dormiveglia sofferente, mi pareva di stare male, mi rigiravo nel letto, non capivo fino a che punto stavo male davvero o lo stavo solo sognando, di stare male, poi ho preso la mazzata! La Colica Renale Perfetta. Ho provato un dolore lancinante, acuto, violento, insostenibile, mai sentito un dolore così in tutta la mia vita; era come se qualcuno mi avesse infilato la mano in un rene e me lo avesse strizzato e poi fosse andato a rimestare dentro le vie urinarie e le avesse tese come si tende l'elastico di una fionda. Mi sono tirato su sperando che da seduto cambiasse qualcosa e invece se possibile il dolore s'è fatto ancora più intenso. Mi pareva di svenire, deglutivo, ansimavo e mi dicevo OK Andrea calmati e intanto sudavo e tremavo e avevo nausea ma non vomitavo (quindi se fossi stato con una donna probabilmente l'avrei delusa), e soprattutto non mi calmavo. Riuscivo a immaginare che cosa avevo perché in passato c'erano state delle lievi avvisaglie, piccole coliche renali dovute a un po' di renella, ma quella non era affatto una piccola colica renale, era una colica vera, la madre di tutte le coliche. Muoio, sto tanto male che muoio, non si può stare male così se poi non si muore, ho pensato.

Ho preso il telefono e ho chiamato il portiere che, ovviamente, data l'ora, era quello di riserva e non conosceva una parola di inglese, anzi no, una parola la sapeva, sapeva dire solo «*What?*».

E così, tra i dolori lancinanti, ho preso il mio bel libretto delle frasi fatte e, soffocato dalla sofferenza, ho pigolato la prima frase che mi pareva potesse fare al caso mio:

«*Kibun ga warui desu*».

«*What?*», mi ha detto quel deficiente.

«Come *what?* Non mi sento bene! *Kibun - ga - warui - desu*. Lo capisci o no che *Kibungawaruidesu* stronzo!».

«*What?*».

OK, calma, ho pensato, cerchiamone un'altra. Vediamo un po'... frasi di emergenza: «Ho la diarrea», no, «Ho mal di denti» no, «Sono allergico agli antibiotici» no, «Hai il preservativo?» nemmeno... ecco, «Aiuto! Chiamate un medico!».

«Ascoltami bene, deficiente, che parlo piano: *tasukete! Isha o yonde kudasai!* Hai capito o no? *TA-SU-KE-TE!*».

C'è stato un po' di silenzio e poi quello ha detto:

«*Tasukete?*».

E io, mentre la voce mi si spegneva in gola e un'altra colica mi perforava il rene ho detto:

«Ecco, sì, bravo, *tasukete*, hai capito, sì, *tasukete tasuke...*», e sono svenuto.

Sono rinvenuto che un milite della Croce Rossa giapponese stava chiudendo dal di dentro le porte di un'ambulanza dove mi aveva infilato con tutta la barella, e appena ho aperto gli occhi, insieme a questa scena, ho sentito subito una colica del nono grado della scala Mercalli.

«Buscopan», ho chiesto, «avete del maledetto Buscopan in questa cazzo di ambulanza?».

Quello mi ha guardato come se gli avessi chiesto una medicina marziana, anzi, non ha nemmeno capito che gli chiedevo una medicina, credo, perché ha tirato fuori il pacchetto di sigarette e ha fatto il gesto di offrirmene una. Chissà, magari in giapponese sigaretta si dice buscopan, oggi ho fumato solo tre buscopan, suona bene.

«Lo sai dove te la puoi infilare 'sta sigaretta?» gli ho detto, con un filo di voce, mentre lui rideva e mi diceva «*gaijin… taliano*?…», e io stavo svenendo di nuovo e la sirena suonava suonava suonava.

XIX

Mi hanno ricoverato al Juntendo Hospital dopo che altri due ospedali non mi avevano accettato perché non avevano posto. Appena arrivato mi hanno buttato su una barella e sono rimasto lì per mezz'ora, nel corridoio del Pronto Soccorso, in mezzo a gente di tutti i tipi, vecchi, ubriachi, fratturati vari, tossici, e c'era anche uno, giuro, che è arrivato con una spada da samurai infilzata nell'addome, cose che in Italia non si vedono, nemmeno al Pronto Soccorso, magari si vede di peggio, ma sono leggende metropolitane, e comunque non uno con una spada di samurai infilzata nell'addome!

Quando è stato il mio turno, dopo una rapida e dolorosa visita del medico, hanno chiamato due barellanti piccoli piccoli che sembravano bambini e che mi hanno portato a fare le lastre. Mentre mi trasportavano in sala raggi e io mi contorcevo dai dolori, loro fumavano, ridevano e scherzavano, proprio come i barellanti italiani, solo che questi erano più piccoli. Dopo le lastre, che hanno dovuto ripetere tre volte perché non stavo fermo – un po' per i dolori lancinanti e un po' perché non capivo quando il radiologo mi diceva in giapponese di stare fermo – mi hanno riportato al Pronto Soccorso e mi hanno attaccato a una flebo e non si è visto più nessuno fino alle dieci del mattino, un classico. Alle dieci, dato che s'era liberato un letto in medicina generale, mi hanno portato lì.

Il Juntendo sembrava la clinica del dottor Kildare con la differenza che erano tutti giapponesi. La stanza era perfino più confortevole della mia camera al Keikan Tokyu Hotel, piano alto con poggioletto, due letti quasi normali, la sua bella televisione, la filodiffusione che però trasmetteva della musica inascoltabile, e anche l'aria condizionata. Nel letto di fianco al mio c'era un vecchio, ma quando sono arrivato dormiva.

Alle undici sono passati i dottori per la "visita": davanti il primario, il professor Hayaschi, e dietro tutto il suo codazzo di medici e infermieri. Il professor Hayaschi era un uomo piuttosto belloccio sui cinquant'anni (per come può essere piuttosto belloccio un giapponese), piuttosto alto (per come può essere piuttosto alto un giapponese), tutto impettito, impomatato, col gel sui capelli. Quando si sono piazzati di fronte al mio letto, la caposala, che da come lo guardava ho avuto subito l'impressione fosse la sua amante, gli ha dato la mia cartella clinica. Lui ha scrutato pensoso le lastre scuotendo la testa, poi le ha fatte vedere ai suoi assistenti e anche loro hanno scosso la testa. Poi mi ha spiegato, in giapponese, cosa avevo, ma io naturalmente non ho capito una parola.

Allora ho chiesto, timidamente:

«Ma non c'è qualcuno che parla inglese qui?».

«Io», ha detto tutto goduto il professor Hayaschi mentre gli altri facevano servili inchini d'approvazione.

L'ho guardato male, ma lui, tutto pieno di sé, non se n'è accorto.

«Caro Zanardi-*san*, qui le cose non vanno bene per niente, qui abbiamo dei calcoli ai reni grossi come delle noci di *ginkgo*...

Chissà come sono grosse le noci di ginkgo.

...poi c'è qualcosina anche a livello biliare, ha una piccola ulcera asintomatica, la sua prostata è contratta...

Per forza, col sistema che hanno per controllare la prostata vorrei vedere a chi non gli viene da contrarsi.

...infiammata, lei ha una prostatite da non sottovalutare sa... mi tolga una curiosità, quando eiacula prova dolore?».

«Cosa?», ho risposto perplesso.

«Le ho chiesto se quando eiacula prova dolore».

Ma che cazzo di domande sono?, ho pensato, e poi gli ho detto:

«Guardi, senta, non lo so, è un po' che non eiaculo dico la verità, però mi pare di no, voglio dire, l'ultima volta che ho eiaculato ho provato tutto tranne che dolore».

«Vabbè, se quando eiacula dovesse provare dolore me lo faccia sapere, semmai lo lasci detto alla caposala».

«Se quando eiaculo? Ma cosa sta dicendo? Quando vuole che eiaculi?, e poi, ammesso e non concesso, secondo lei lo lascio detto alla caposala?».

«Come crede, comunque se come dice l'ultima volta non ha provato dolore vuol dire che probabilmente l'infiammazione prostatica è di insorgenza recente, ma invece, quello che non deve essere affatto recente sono i suoi valori molto alti degli acidi urici, che poi sono la causa dei suoi calcoli. Ha capito? Mi sono spiegato bene?».

«Sì, ho capito... e allora?», ho chiesto.

E lui, tra gli sguardi adoranti delle infermiere e i soliti inchini servili dei medici, si è messo a fare anche lo spiritoso:

«E allora qui c'è solo una cosa da fare, una bella operazione per asportare le sue noci di *ginkgo*, che sono proprio mature, eh eh».

«No, grazie», gli ho risposto piuttosto bruscamente non cogliendo il suo fine umorismo, «anche se è bella l'operazione la faccia a qualcun altro, io firmo e me ne vado, torno in Italia e semmai mi faccio operare lì».

Lui si è fatto subito serio e mi ha detto:

«Sta scherzando vero? Nelle sue condizioni lei non è assolutamente in grado di affrontare un viaggio di tredici ore. Impossibile, potrebbe costarle caro, potrebbe morire lo sa?».

Io ho fatto alcuni noti gesti scaramantici che lui non ha visto perché li ho fatti sotto alle lenzuola e poi gli ho detto:

«D'accordo, però di operazione non se ne parla, mettetemi in condizioni di ripartire, non importa quanto tempo ci vuole, ma io, se proprio mi devo operare, mi voglio operare in Italia, scusi sa, mica per altro, io non lo so se l'operazione qui la passa la mutua... *do you know* mutua?».

Lui la parola «mutua» credo che non l'abbia capita perché in inglese non sapevo come si diceva. Comunque ci ha pensato un po' su, ha parlottato con un suo assistente e poi mi ha detto:

«Lei quanto tempo può fermarsi a Tokyo?».

«Due settimane, anzi meno, sa com'è, non è che sono venuto a Tokyo per stare in ospedale, vorrei un po' spassarmela».

«Lasci perdere che è meglio, piuttosto, conosce il Reiki?».

«Be', recentemente ho fatto anche un corso in Italia, purtroppo».

«Benissimo, allora sarà anche più ricettivo, si potrebbe provare col Reiki, se lei è d'accordo. Noi qui non abbiamo terapeuti, ma siamo in contatto con una clinica specializzata che, quando lo richiediamo, ci manda qualcuno dei suoi, che naturalmente dovrà pagare a parte».

«Naturalmente... e mica per altro, ma quanto mi costerebbe 'sto terapeuta?», ho chiesto io, e lui, scandalizzato come se gli avessi chiesto se mi dava una foto di sua madre nuda, mi ha risposto con un tono aspro che pareva una vecchia zitella inacidita:

«Ah! Non me lo chieda signor Zanardi! Questi non sono fatti che mi riguardano».

«Mi scusi, non volevo, mi rendo conto, non c'è problema, ma almeno servirà davvero a qualcosa?».

Lui ha sospirato, ha allargato le braccia, ha assunto un'espressione pensosa e tra i mugolii di servile attesa di tutto il suo codazzo ha detto:

«Mah, cosa vuole che le dica... certo, per avere dei risultati realmente apprezzabili, almeno sui calcoli, che evidentemente sono il suo problema più serio, ci vorrebbero mesi, ma tra le medicine allopatiche e il Reiki credo che nel giro di due settimane al massimo la potremmo mettere davvero nelle condizioni di ripartire tranquillo, non sarà guarito, d'accordo, ma una volta giunto in Italia non avrà neppure bisogno di ricoverarsi immediatamente, e chissà, forse, se come credo i calcoli si ridurranno un po' di spessore, i miei colleghi italiani (e alla parola «colleghi» ha riso sarcastico) potranno intervenire con la macchina frantuma calcoli, se ce l'avete (e ha di nuovo riso sarcastico), così potrebbe forse anche evitare l'operazione».

«E non si potrebbe frantumarli già qui, 'sti calcoli, senza stare due settimane a fare Reiki, gli diamo una bella frantumata e via».

«Non se ne parla nemmeno, gliel'ho detto, i suoi calcoli sono grossi come noci di *ginkgo*, e poi lei ha le vie urinarie e anche quelle biliari tutte infiammate, non si può fare. Si fidi di me, non c'è niente come il Reiki che toglie l'infiammazione».

Io non mi fidavo di lui, faccio l'infermiere, e li conosco i medici ospedalieri, non c'è da fidarsi, ma ho dovuto dire di sì, avevo capito che era la cosa migliore da fare, la scelta giusta, mi erano rimasti due soli dubbi, quanto mi sarebbe costata 'sta sciocchezza, perché la mutua il Reiki non lo passa di sicuro, e la reale dimensione delle noci di *ginkgo*. Chissà, magari le noci di *ginkgo* sono un po' più piccole delle nostre, oppure *Ginkgo* è il fruttivendolo di Hayaschi e le noci di *Ginkgo* sono come le noci di Eugenio che è il mio, di fruttivendolo.

XX

I miei giorni all'ospedale Juntendo sono trascorsi tra flebo, miorilassanti, antiinfiammatori vari e sedute di Reiki. Un'ora al mattino e una al pomeriggio. La famosa clinica specializzata in Reiki che mi aveva mandato il terapeuta, uno che parlava solo giapponese e col quale non sono entrato tanto in confidenza, era la Hayaschi's Shina No Machi Clinic. Avete capito bene, era la sua!, di quella faccia marcia di Hayaschi, che quando poteva dirottava i pazienti dell'ospedale alla clinica e quando non poteva faceva venire i suoi scagnozzi in ospedale. Comunque devo dire che il Reiki su di me ha funzionato un'altra volta, dopo qualche giorno, infatti, i dolori mi erano quasi del tutto passati e dopo una settimana, alle lastre di controllo, si è visto che i calcoli, almeno un po', si erano davvero ridotti di spessore.

«Troppo poco», ha sentenziato Hayaschi guardando le lastre e scuotendo la testa, «bisogna intensificare». Così le ore di Reiki sono passate a quattro, due la mattina e due il pomeriggio e Hayaschi ha guadagnato il doppio.

Per il resto mangiavo poco, ma non così male come mi sarei aspettato (intendiamoci, negli ospedali giapponesi si mangia male, ovviamente, ma si mangia meglio che negli ospedali italiani e perfino meglio che nei ristoranti giapponesi in Italia); comunque, fortunatamente, mi avevano imposto una dieta rigidissima e mi hanno sempre dato riso in bianco, tè verde e delle brodaglie rosse che buttavo regolarmente nel cesso. Bianco, rosso e verde, si vede che ai pazienti italiani danno questa roba qui per ricordargli l'Italia, che gentili.

Devo dire, comunque, che da quando sono qui, mi sono calmato. Sul piano sessuale intendo. Sarà stata la malattia, i dolori, lo stress, i miorilassanti, ma non sono mai stato molto eccitato, fortunatamente. Dico fortunatamente perché i primi cinque giorni avevo il catetere ed eccitarsi col catetere non credo che sia una buona cosa.

Da quando mi hanno tolto il catetere e i dolori mi sono passati ho incominciato a guardarmi un po' intorno, timidamente, ma qui all'ospedale Juntendo è la morte civile, oddio, magari in giro c'è vita, ma Hayaschi non vuole che i suoi pazienti lascino il reparto e scorazzino in pigiama per l'ospedale e vadano al bar a fumare come succede in Italia, così posso attaccare bottone solo in corsia, ma c'è poco da attaccare bottone, purtroppo. Le malate sono riserva di caccia dei medici, almeno le prime scelte, e le seconde scelte giapponesi sono come le terze scelte italiane, che vanno bene al massimo per i barellanti. I parenti pensano solo ai malati e scappano via il più presto possibile, e quelle che vanno nell'atrio a fumare sono preda degli infermieri, o di qualche medico che va apposta nell'atrio a fumare, e in ogni caso noi malati nell'atrio a fumare non ci possiamo andare, fumiamo nei cessi, e nei cessi non è che ci sia questo gran movimento. I primi giorni è venuta due o tre volte una bella neurologa per una consulenza perché non dormivo mai, e devo dire che ho fatto un po' il simpatico e le ho chiesto anche il numero di telefono, ma lei non ha capito, o non ha voluto capire. Cosa volete, uno in pigiama, con i calcoli, la prostatite, l'ulcera, il catetere, e che quando eiacula *forse* prova dolore, non ha tutto questo fascino. Gli infermieri sono tutti uomini, tranne tre: una che ha sessant'anni, un'altra che è un botolo che più che una donna sembra una palla, e l'ultima che è lesbica, almeno corre voce che sia lesbica. Qui si spettegola alla grande, soprattutto le ausiliarie sono tremende, e anche se io i pettegolezzi in giapponese non li capisco tanto bene, di questa qui dev'essere vero perché la prima volta che l'ho vista l'ho presa per un uomo e poi un giorno Schillaci, un inserviente mio amico impallato col calcio e con l'Italia che, appunto, si fa chiamare Schillaci, me l'ha indicata e poi si è messo a ridere e s'è toccato un orecchio con la punta del dito.

Ah, dimenticavo, la caposala! Quella è bella davvero: sui trent'anni, nera, sexy, formosetta, sempre truccata giusta, sulle sue ma educata, insomma una che la noti e che giù dal letto non la butti di sicuro. Ma la caposala è l'amante del primario, quel fighetto di Hayaschi, e lei non ha occhi che per lui, che tra l'altro è sposato e ha tre figli. Avevo visto giusto all'inizio, poi me lo ha confermato Schillaci. Mi ha indicato la caposala che era di spalle, poi mi ha indicato Hayaschi che era anche lui di spalle, mi ha fatto l'occhiolino e un inequivocabile gesto a stantuffo.

Come dicevo, ricoverato nel letto di fianco al mio c'era un ometto, un vecchietto almeno di ottant'anni, amorevolmente accudito da due giovani monaci zen. Anche lui era un monaco zen, ma non lo si capiva perché era in pigiama, e i monaci zen quando sono in pigiama sono uguali agli altri.

Era piccolo, nemmeno un metro e sessanta, magrissimo, con le orecchie a punta, e aveva due occhietti azzurri e vispi come quelli di un bambino. Aveva il volto ricoperto da un fitto reticolo di rughe, ma la cosa strana era che quelle rughe non lo invecchiavano per niente, anzi in qualche modo gli donavano un'aria senza tempo, direi quasi giovanile. Se stava serio anche le rughe si facevano serie, se rideva ridevano con lui, e negli altri momenti tutte le rughe si distribuivano nel suo viso in modo tale da dargli quella sua tipica espressione serafica e nello stesso tempo vagamente ironica. Era il guru carismatico di un monastero sperduto sul monte Fuji, uno dei monasteri più importanti di tutto il Giappone, meta di continui pellegrinaggi.

Era già lì da due mesi, pare che fosse caduto e che, non so come, si fosse spappolato un rene, così glielo avevano dovuto togliere, perché il Reiki non serve quando i reni sono spappolati, puoi fare tutto il Reiki che vuoi che i reni non si ripappolano. Era molto malandato ma si stava riprendendo, infatti lo hanno dimesso tre giorni prima di me. Non parlava da venticinque anni, perché, mi hanno detto i suoi due assistenti, aveva fatto un voto che avrebbe parlato solo quando avesse trovato il suo successore. Quando voleva dire qualcosa lo diceva a gesti o lo scriveva su un foglietto; in giapponese, se si rivolgeva ai suoi assistenti, in inglese se "parlava" con me. Il suo nome era impronunciabile così io per tagliar corto lo chiamavo «Maestro», in italiano, perché l'unico modo per dire «maestro» in inglese che conoscevo era *teacher* e non mi suonava bene.

Nei quindici giorni che abbiamo condiviso la camera, il Maestro ha chiesto solo cinque volte la padella e poi basta. La pipì, da quando gli avevano tolto il catetere, la faceva nel pappagallo, ma se lo prendeva da solo (intendo dire il pappagallo), invece a svuotarglielo ci pensavano i suoi due assistenti, e una volta, vaffanculo, gliel'ho dovuto svuotare io perché i suoi assistenti non c'erano (non era ora di visite) e quando ho suonato il campanello gli infermieri non si sono fatti vedere, proprio come in Italia. Lui non lo suonava mai, il campanello, piuttosto se la faceva addosso. Gli dicevo: «E suona il campanello noo, cos'è, hai paura di disturbare? Guarda che sono pagati per questo sai», e lui niente, rideva e mi guardava calmo come l'acqua di un pozzo. Rideva sempre, e aveva un modo di ridere tutto suo, faceva un mezzo sorriso nirvanico che sembrava che ti prendesse sempre in giro.

Una volta alle due di notte la terra ha tremato, ma tremato forte, io all'inizio non capivo cosa stesse succedendo, ma poi, quando sono venuti giù dei calcinacci, mi sono messo a urlare, e lui mi ha scritto: «Dormi, è solo un terremoto». E ora va bene che in Giappone ai terremoti ci sono abituati, però lui era così, era uno che galleggiava sopra tutto il dolore del mondo, mentre io affondavo soltanto nel mio. Non si lamentava mai, mangiava tutto quello che gli portavano e prendeva da bravo tutte le medicine che gli davano, anche se poi ho scoperto che le sputava (si curava di nascosto dai medici con delle cavallette che gli portavano i suoi due assistenti). Devo dire che all'inizio lo trovavo insopportabile, mi sembrava che se la tirasse con questa faccenda di non parlare, ma poi mi è diventato decisamente simpatico e siamo entrati in sintonia tanto che mi ha invitato ad andare a trovarlo al suo monastero, e la cosa mi ha fatto davvero piacere, non tanto per andarci, ma perché i suoi assistenti mi hanno detto che era molto difficile che lui invitasse qualcuno. Ha anche molto insistito, cioè, voglio dire… l'ha scritto due o tre volte sul foglietto.

Comunque, secondo me, è grazie a lui se ora sono praticamente guarito. Era anche lui un maestro Reiki (ma qui in Giappone sono tutti maestri Reiki), così emanava energia verso di me per farmi guarire, in pratica ero sotto Reiki ventiquattrore su ventiquattro, e gli ultimi cinque giorni, che si poteva alzare, mi ha dato la botta finale, mi ha imposto le mani sul rene malato per mezz'ora al giorno e i calcoli, tra lo stupore degli stessi medici giapponesi, si sono sciolti definitivamente come fossero stati zuccherini nell'acqua; ci sono le lastre a dimostrarlo! Quando l'ho ringraziato, lui mi ha detto, cioè mi ha scritto, che era me stesso che dovevo ringraziare perché ero stato davvero ricettivo, e che perfino lui si era stupito di questa mia ricettività, che aveva già sciolto dei calcoli altre volte, ma che aveva dovuto *faticare* molto di più e che non si erano neppure sciolti così bene come i miei.

Non è che fosse uno tanto di compagnia, recitava quasi sempre mantra o non so che cosa, e di notte russava. Una sera gli ho detto: «Maestro di notte russi e non mi fai dormire», e lui mi ha scritto che non russava ma recitava mantra notturni; invece secondo me russava perché quando una volta gli ho tappato il naso mentre recitava 'sti mantra notturni, lui ha smesso subito di recitarli, poi però ha ripreso.

Anche se lui non parlava siamo entrati in confidenza, perché non sembra ma vivere nella stessa camera d'ospedale nella malattia ti unisce e si torna un po' bambini.

Io gli facevo degli scherzetti, tipo quello di nascondergli il pappagallo o di tappargli il catetere e lui rideva. E anche lui mi faceva degli scherzetti: quando lo mettevano con le gambe fuori dal letto, ad esempio, faceva finta di svenire, con tutta la scena di socchiudere gli occhi, ciondolare e poi afflosciarsi come uno che sviene, e quando gli andavo vicino preoccupato, apriva gli occhi e rideva.

Io gli dicevo: «Cosa ridi? Credi di essere furbo?», e lui mi scriveva: «Sì», e mi faceva arrabbiare ancora di più. Poi però ha smesso, sia di ridere sia di fare lo scherzo di quello che sviene, perché una mattina, che l'ha tirata un po' troppo alla lunga e io ci sono cascato alla grande, per farlo rinvenire gli ho piazzato due sberle che ha il segno ancora adesso. «Ora non ridi più eh», gli ho detto, «No», mi ha risposto.

Una volta, proprio perché eravamo in confidenza, gli ho detto:

«Maestro secondo me tu non ce l'hai la faccia del guru», e lui mi ha scritto: «L'uomo esteriore rappresenta forse l'uomo interiore? E poi neanche tu hai la faccia del guru, se è per questo».

«Ehi, nervosetto eh», gli ho detto, «fai le battutine, e poi cosa c'entro io, io non sono mica un guru! Perché devi sempre rigirare la frittata?».

E lui allora mi ha scritto ancora: «Lo sei, non lo sai ma lo sei. Tu, Andrea, sei un uomo molto spirituale».

«Ma smettila, non ti ci mettere anche tu per favore, si vede proprio che non mi conosci… caro, io sono l'opposto della spiritualità».

«Ti conosco, invece», mi ha scritto, e poi si è rimesso a scrivere per un po' e mi ha dato un altro biglietto che diceva:

«Per noi orientali tutti gli opposti sono polari e ognuno contiene in sé l'altro, sono due facce della stessa medaglia ed è nell'equilibrio di essi che si percorre la Giusta Via, anzi, paradossalmente, per raggiungere l'uno bisogna partire dal suo opposto».

Al che io gli ho detto: «Sì sì, cambia discorso che ti conviene, di' la verità piuttosto, ci patisci eh, che non c'hai la faccia da guru?».

«Un po' sì», mi ha risposto.

Era buono, lo si capiva benissimo, altrimenti non so come avrebbe fatto a sopportare tutto quel via vai di adepti che lo venivano a trovare. Sono venute anche due monache zen, ma erano brutte come il peccato, secche, pelate e senza un filo di trucco.

Gli piaceva da matti guardare la televisione anche perché mi ha scritto che su al monastero non ce l'hanno e che per lui era una novità. Così dovevo fare delle lotte tremende per fargliela spegnere, a una certa ora. Io gli dicevo: «Maestro ora basta televisione, è tutto il giorno che la guardi, poi ti fanno male gli occhi», e lui mi rispondeva: «Ancora dieci minuti e poi basta, per favore», ma quando, dopo questi benedetti dieci minuti, lo guardavo serio segnandogli l'orologio, lui mi ridava quel foglietto di prima, e rideva.

Gli piacevano tutti i programmi e più erano demenziali e più gli piacevano, e in Giappone si sa come sono i programmi. Impazziva per quelli tipo giochi senza frontiere alla giapponese, per il karaoke, perché così cantava anche lui (piano, facendo finta di recitare mantra) e per i Pokémon, soprattutto per Pikachu. E poi secondo me buttava anche l'occhio sulle ballerine.

E pensare che le ballerine giapponesi in confronto alle nostre fanno pena, quando ritorno in Italia gli faccio una bella cassetta con veline, schedine e letterine varie e gliela spedisco, così lo mando fuori di testa, tanto mi ha scritto che ora vuole comprarsi sia la televisione che il videoregistratore (l'indirizzo è facile: Monastero Zen – monte Fuji – Giappone, basta questo, il postino lo conosce).

Gli piaceva anche la musica, mi ha scritto che i giovani del monastero avevano messo su una sorta di complesso, gli *Okeschi*[3], ma che eseguivano esclusivamente composizioni *gagaku*[4], che non ho idea di che razza di musica sia, ma che doveva essere pallosissima, perché quando ha visto alla televisione il vecchio concerto di Mino Reitano *Live in Osaka*, dove c'erano duecentomila giapponesi in delirio, si è esaltato anche lui, e quando il grande Mino ha cantato una canzone che fa «Giappone Giappone», gli sono venute perfino le la-

3. I Reincarnati.
4. Musica della corte imperiale giapponese.

crime agli occhi, e se non lo tenevo mi cadeva giù dal letto da tanto si era eccitato.

Anche lui suonava uno strumento musicale, una specie di piffero zen che chiamava «*shakuhaki*», e voleva a tutti i costi che provassi a suonarlo anch'io. Suonava un po' e poi mi faceva il gesto come dire tieni ora suona tu. E io a dirgli no grazie Maestro non sono portato per la musica e lui a insistere. Ero in imbarazzo perché, a parte il fatto che non mi interessava assolutamente imparare a suonare il piffero, mi faceva anche un po' schifo, se devo essere sincero; ogni volta che suonava sbavava tutto il beccuccio tanto che mentre faceva il gesto di darmelo colava sempre un filo di saliva. Io non sono schizzinoso, però...

Un mattina un suo adepto è arrivato con un pacchetto per me. Era un regalo del Maestro.

«Sfascialo», mi ha scritto mentre lo rigiravo tra le mani e gli dicevo che non si doveva disturbare.

L'ho sfasciato: era un s*hakuhaki* nuovo di zecca.

«Grazie Maestro è bellissimo», gli ho detto, «è proprio quello che volevo... che coincidenza... non ci crederai ma l'altro giorno pensavo che mi sarebbe piaciuto un bel *shakuhaki*... ed eccolo qua... ma come hai fatto a capirlo?».

E lui mi ha risposto: «Suona suona, non fare tanti discorsi inutili, ora non hai più scuse, questo è nuovo, non l'ha mai usato nessuno».

«Nooo... Maestro, ma cos'hai capito?, non era mica per quello... è che non sono capace...».

«E suona!», mi ha scritto.

Ho suonato. All'inizio soffiavo soffiavo e non usciva neppure una nota, solo aria, ma, c'è da non crederci, nel giro di dieci minuti sono riuscito a eseguire perfino qualche semplice melodia e dopo mezz'ora suonavo alla grande! Mi pareva di averlo sempre suonato, incredibile. Dopo un'ora col Maestro eravamo in piena jam session. Dopo due ore, mentre mi esibivo in un assolo di quelli tosti il Maestro mi ha scritto: «Bravo, bravissimo, lo sapevo che eri portato, ora però basta».

Appena il Maestro è stato in grado di camminare ci siamo anche fatti una bella foto insieme, in una cabina tipo quelle per fare le foto formato tessera che ci sono da noi che troneggiava nell'atrio del reparto (l'aveva voluta a tutti i costi Hayaschi, all'inizio non capivo esattamente perché, poi ho capito, è stato quando ho letto la targhetta della ditta che le vendeva e che faceva la manutenzione: «Purikura Hayaschi brother's»). Queste *purikura* giapponesi, in effetti, non sono proprio cabine per foto tessera, ma veri e propri set fotografici con un variopinto campionario di accessori: si possono avere parrucche, cappellini vari, sfondi di ogni tipo. Così io mi sono fatto dare un turbante (c'era un ausiliario incaricato da Hayaschi che ti forniva i gadget con un piccolo sovrapprezzo) e a lui gli ho infilato in testa una bella parrucca bionda cotonata. Ci siamo messi tutt'e due gli occhiali da sole, ci siamo scelti lo sfondo delle Maldive e clic! Io sono rimasto un po' coperto dal suo testone, ma la foto è bellissima. Ne abbiamo dovuto far fare dieci copie perché la volevano tutti.

Anche se col Maestro non avevamo mai affrontato discorsi seri (e come avremmo potuto, d'altra parte, visto che lui non parlava?) la sua sola presenza se per un verso mi rasserenava, dall'altro mi rendeva inquieto e mi faceva riflettere su... su... mi vergogno un po' ad ammetterlo ma mi faceva riflettere su... ebbene sì: su problematiche spirituali! È da quando ho conosciuto Maria che sto masticando spiritualità, che mi sono imbattuto in una montagna di cazzate misticofilosofiche, in deficienti che invece di andare a messa rompono i coglioni col buddhismo, e volevo vedere cosa ne pensava lui di tutto questo, lui che almeno era un monaco zen originale, che aveva ottant'anni (anche se di testa ne dimostrava tre), che non aveva mai guadagnato niente col fatto di essere un guru, e che, mi avevano detto i suoi assistenti, era anche un grande studioso di filosofia, tanto che teneva contatti epistolari (gli unici che poteva tenere, peraltro) con importanti filosofi e scienziati. E poi dico la verità, da quando sono stato meglio se da una parte i miei sopiti istinti sessuali si sono un po' risvegliati dall'altra si sono di nuovo fatte vive le mie crisi esistenziali, ancora più forti di prima, e ho rifatto altre tre volte quel sogno angosciante, solo che al posto del guru americano ora c'era il Maestro. Sentivo di essere a un bivio, mi veniva in mente quando l'insegnante di Reiki americano parlava della «svolta della vita», ebbene, a me pareva di esserci davanti a quella svolta, forse. Volevo capire cosa fare della mia vita una volta uscito di qui, sentivo che il modo in cui avevo vissuto fino ad oggi forse era davvero sbagliato, che il mio tentativo riuscito e costante di non farmi coinvolgere sentimentalmente e in nessun'altra faccenda che mi potesse mettere in crisi poteva essere veramente uno schermo dietro al quale mi nascondevo per non affrontare me stesso, la mia natura, che forse così materialista non era. Ero combattuto, c'era in me la voglia di riprendere da dove avevo lasciato come se non fosse successo niente, ma nello stesso tempo sentivo un'esigenza di cambiamento, anche se non capivo esattamente quale e fino a che punto dovessi cambiare. Maledetto il giorno che ho incontrato Maria!

Qualche sera fa, mentre il Maestro si stava preparando per essere dimesso e i suoi due assistenti lo stavano aiutando a indossare una vecchia tunica lisa, io mi sono avvicinato per salutarlo e dirgli che chissà, forse sarei andato davvero a trovarlo al monastero (ma solo per educazione), quando mi è venuto da fargli una domanda tremenda, una di quelle domande che mai e poi mai avrei pensato di poter fare nella vita e che invece mi è venuta spontanea, di getto, anche se un po' farraginosa, così gli ho chiesto, prendendola un po' alla larga:

«Maestro, so che non puoi parlare, ma c'è una cosa che vorrei chiederti, se mi vuoi rispondere in qualche modo... Ti confesso che per me è un periodo un po' così, mi sto facendo delle paranoie... e allora volevo sapere... secondo te... perché esistiamo? Cioè... la nostra vita ha un senso?, e se ce l'ha qual è? Io... lo so, perdonami, mi vergogno, sarà banale ma *purtroppo* credo in Dio, voglio dire nel Dio italiano» (ero in completo marasma), «vabbè non italiano... cristiano, insomma credo in quel Dio lì, cioè... emh... non sono sicuro al cento per cento comunque ci credo...» (lui mi guardava perplesso, stupito, come se non capisse nemmeno di cosa stessi parlando)... «sai chi è Dio vero? Quello vecchio con la barba bianca, con la faccia da guru, eh eh, lo sai no? L'avrai visto da qualche parte no? È uno famoso, cazzo! Insomma, per farla breve, secondo te, Dio, esiste? D'accordo, lo so che se sei un monaco zen ci credi... in Dio... insomma in qualcosa, ma quello che vorrei capire una volta per tutte è se avete ragione voi o noi... per esempio... com'è 'sta faccenda della reincarnazione, ci reincarniamo oppure no?...e poi anche il Nirvana, cos'è esattamente? Una specie di Paradiso ma riservato ai buddhisti o una cosa completamente diversa? Però non rigirare la frittata anche questa volta OK?».

Lui è stato per qualche secondo in silenzio e poi, per la prima volta, inaspettatamente, incredibilmente, dopo venticinque anni che non parlava, ha parlato! E mentre i suoi due allievi sbiancavano in volto, ha cambiato espressione, si è fatto serio, lo stupore ha lasciato il posto a uno sguardo intenso, quasi imbarazzante, mi ha guardato fisso negli occhi con quei suoi occhi limpidi, che quella volta, devo dire, mi hanno messo i brividi addosso, e in giapponese, lentamente, misurando le parole e lasciando che un suo assistente traducesse in inglese, mi ha detto:

«Tu dici di credere in Dio, Andrea, ma non è vero, ti hanno detto che Dio c'è e tu speri che ci sia fino a convincerti della sua esistenza, e dunque ci credi come un bambino crede a Babbo Natale. Purtroppo i bambini crescono, ma molti uomini non crescono mai. Così quando crescerai, Andrea, scoprirai che Babbo Natale non esiste. Per soddisfare la tua sete di conoscenza non ci sono parole, non è con le parole che si arriva all'illuminazione, ma se verrai a trovarmi al monastero ne discuteremo, se vorrai, e cercherò di trasmetterti quel poco che so. Quello che ti posso dire adesso, Andrea, è che esiste uno spirito sottile che pervade il creato, e che il mondo... l'universo, così come lo vediamo noi, sono fenomeni illusori. Gli uomini, gli animali, le piante, e perfino le pietre sono la stessa cosa, emanazioni dello spirito sottile. Noi non esistiamo, tu non esisti Andrea, perché il corpo è un tempio dove alberga provvisoriamente la tua anima, che non è la tua, ma l'anima che ha attraversato i corpi di chi ti ha preceduto e forse di chi verrà, ma questo dipenderà solo da te, dal tuo karma, se sarai capace di chiuderlo in questa vita oppure no. Solo allora acquisterai la consapevolezza di non essere e ti sarà data per la prima volta la possibilità di scegliere se reincarnarti ancora come Bodhisattva illuminato o annullarti in ciò che noi chiamiamo Nirvana, che non è un luogo e neppure uno stato di beata coscienza individuale come voi intendete il Paradiso, ma è distacco da ogni forma di dolore, assenza, annichilimento. Il Nirvana non è!, e altro non si può dire».

Io sono stato un po' zitto, e poi è uscito prepotentemente il vecchio Andrea Zanardi e gli ho detto, all'inizio un po' in italiano e un po' in inglese e poi tutto in italiano, e meno male perché così non ha capito:

«Mi sarà data la possibilità di reincarnarmi come chiii? *I don't understand... what do you say?... bodyguard?*».

«*Not bodyguard*», mi ha risposto scrollando pazientemente la testa con una smorfia di rassegnazione, «Bodhisattva!».

«Boddiché? *Who is this boddii...?*».

«*I am* Bodhisattva!», mi ha detto tutto goduto.

«*Youuu?*» (e da qui sono partito con l'italiano) «ma fammi il piacere dai su... non voglio dire, ma io dovrei reincarnarmi in uno come te? Scusa eh, non te la prendere Maestro, senza nulla togliere al buddhismo ma la tua non mi sembra il massimo della vita come reincarnazione... e te la sei pure scelta!, cazzo, almeno potevi scegliertene uno un po' più alto no? E poi come sarebbe a dire che non esisto? Io esisto, eccome se esisto!, mi sarò fatto più di trecento donne, chi le ha scopate quelle lì, l'anima di qualcun altro? Io non mi voglio reincarnare, la reincarnazione è una presa per il culo, chissenefrega se rinasco ma non mi ricordo più che sono io, se nella prossima vita mi scopo una e non lo so, che l'ho scopata io, allora tanto vale che se la scopa direttamente un altro. Senti, *a guru*, abbi pazienza ma non ci casco, è tanto bello credere in Dio che è uno preciso, in carne e ossa, vabbè, si fa per dire, che se c'hai da chiedergli qualcosa sai a chi rivolgerti. Chi cazzo è 'sto spirito sottile? Chi lo conosce? Che faccia ha? Cosa mi rappresenta? E poi io credevo che il Nirvana fosse più o meno come il Paradiso, che te ne stai lì, beato, per l'eternità, che sei tu, proprio tu, e addirittura dopo il giudizio universale ti ridanno perfino il corpo, e magari chissà... non si può mai dire, mica ti ridaranno il corpo di quando avevi novant'anni!, lì sono tutte giovani. No caro mio, mi dispiace, ma non c'è paragone, se è come dici tu io preferisco il Paradiso, ma alla grande! *I prefer the Paradise, I am sorry*».

Lui ci è rimasto male, credo per il mio tono un po' aggressivo, o forse chissà, per quell'ultima frase, sta di fatto che ha cambiato espressione, s'è intristito, insieme a tutte le sue rughe.

«Ma dai su, ora perché devi fare quella faccia lì?», gli ho detto. «*Belin* come siete permalosi voi guru, guarda un po' se solo perché mi sono permesso di dire che preferisco il Paradiso devi rimanerci male». Ma lui niente, era sempre abbacchiato.

«OK facciamo così, ci penso un po' su e poi ti faccio sapere, magari ti scrivo, però ora dai su, sorridi un po'». Niente, non sorrideva.

«Vabbè cosa vuoi che ti dica… ti saluto… stammi bene… mi ha fatto piacere… e mi raccomando, cerca di non cadere un'altra volta che ora c'hai un rene solo… e copriti!, ce l'avrai un maglione no?, non stare sempre con quella tunica che sul monte Fuji fa freddo, non è come qui… OK ti saluto, in gamba Maestro… ci vediamo, tranquillo che se posso vengo a trovarti, va bene? Però ora sorridi OK?».

Mi ha guardato serio e mi ha detto:

«Veramente vieni a trovarmi al monastero?».

«Ma non lo so, te l'ho detto, ci penso un po' su, può darsi».

Si è di nuovo rabbuiato in volto e con lui si sono rabbuiate tutte le sue rughe.

Ho sospirato, allargato le braccia e gli ho detto: «E va bene va bene vengo a trovarti, certo che sei una bella patella eh!, ma vengo vengo non ti preoccupare, dammi tempo di spassarmela un po' a Tokyo e poi faccio un salto al monastero, basta che non ci sia troppo da scarpinare».

«Me lo prometti?», ha insistito lui sempre serio in volto.

«Sì, te lo prometto», gli ho risposto tenendo le dita incrociate dietro la schiena, «però tu mi insegni il Reiki, d'accordo?».

Mi ha sorriso, insieme a tutte le sue rughe.

Poi ci siamo salutati davvero, e io, forse per la prima volta in vita mia, mi sono commosso in pubblico, gli volevo bene ormai, e anche lui secondo me si è commosso. È stato quando ci siamo abbracciati. All'inizio per un po' ci salutavamo con quegli inchini che usano loro, perché diversamente non sta bene, ma poi ho pensato: «Massì, chissenefrega, ora lo saluto come dico io», così l'ho abbracciato, che ancora un po' lo rompo, e mi sono stretto a lui per un tempo interminabile, tipo emigranti davanti al piroscafo, e l'ho sentito che gli ha fatto piacere, che s'è commosso.

Sono guarito. Mai stato così bene, mi sento più in forma di prima, mi sembra di essere ringiovanito di dieci anni. I calcoli spariti, dell'ulcera non c'è più nemmeno l'ombra, lo stato infiammatorio è regredito completamente e ho le analisi di un bambino. Inoltre, anche se mi sono rifiutato di farmela controllare, ho sicuramente la prostata più elastica di una fionda. Naturalmente non so se quando eiaculo provo dolore ma quello cercherò di verificarlo il più presto possibile, non credo però, non sono il tipo da provare dolore mentre eiacula. Domani mi dimettono. Ho ancora una notte di albergo pagato e poi non so cosa fare, da una parte vorrei tornare in Italia, dall'altra però vorrei rimanere ancora un po', venire in Giappone e andarmene *a mani vuote* non è da me, non me lo perdonerei. Il problema sono i soldi. Dopo che lo scagnozzo di Hayaschi mi ha spillato trecentomila yen per i trattamenti Reiki, devo vedere se almeno l'ospedale giapponese me lo passa la mutua, altrimenti sono rovinato, dovrò andare all'ambasciata, chiedere. Quelli dell'Alitalia mi hanno detto al telefono che il biglietto aereo me lo posso far spostare, solo che se voglio mangiare (purtroppo) e *vivere* un po', l'albergo non ci esce, al massimo mi posso permettere un "capsula hotel", ma anche lì per una stanza ci vogliono almeno 5.000 yen e non mi pare il caso di buttare tutti quei soldi per dormire in un loculo in mezzo agli ubriachi. Ho perfino pensato di telefonare al mio amico ingegnere e di farmi ospitare qualche giorno da lui, tutto sommato questa faccenda di mangiare su una *geisha* nuda mi incuriosiva, ma, soldi a parte, solo il pensiero che mangiare su una *geisha* nuda significava prima di tutto «mangiare» mi ha fatto accantonare l'ipotesi, se fosse stato un ristorante italiano ci sarei andato volentieri ma di sorbirmi un'altra cena giapponese non me la sentivo proprio, neppure su una *geisha* nuda.

Oppure potrei veramente accettare l'invito del mio amico guru e andarlo a trovare, su al monastero, *in fondo* gliel'ho promesso, e se davvero mi insegna il Reiki quale migliore scuola della sua?, e gratis oltretutto! e poi chissà, le adepte che lo sono venute a trovare erano due cavedani, ma non si sa mai, magari al monastero ci sono anche delle monache zen messe bene sotto la tunica. Sono ascetiche, d'accordo, ma le ascetiche, se le sai prendere per il verso giusto, ci stanno ancora più delle altre, se è per questo. Vedremo, ci dormo sopra e domani decido, comunque credo che alla fine tornerò in Italia, perché ho come la sensazione che il Giappone mi porti sfiga, e tolto il Maestro per il resto è stato un incubo. E poi ho ancora cinque mesi di aspettativa, torno in Italia, mi organizzo, do fondo ai risparmi e mi butto sull'Europa, anzi no: California!, vado in California e mi butto sulle californiane… e magari chiedo a Saro se viene con me, tanto ormai siamo picciotti e mi ha detto che ha molti «amici» in America, anzi in «*Ammereca*», come dice lui.

Sayonara.

Nuvole bianche dopo la tempesta

(Dieci anni dopo)

Di Andrea Zanardi nessuno seppe più nulla. Disse ai colleghi e agli amici che sarebbe partito per il Giappone, ma non diede più alcuna notizia di sé.

Circa due mesi dopo la sua partenza la madre morì di ictus cerebrale e il padre, la sera stessa del funerale, morì d'infarto nel letto di una prostituta, ma nessuno riuscì ad avvisare il figlio perché nessuno sapeva esattamente dove si trovasse. Al termine dell'aspettativa giunse alla direzione sanitaria dell'ospedale San Martino una lettera di licenziamento, qualche mese più tardi un noto studio commercialista di Genova ebbe l'incarico di sbrigare le successive pratiche e di versare il TFR e alcuni stipendi arretrati sul conto bancario di Andrea Zanardi che poi fu estinto attraverso anonime e complesse operazioni bancarie.

Maria per alcuni mesi aspettò che Andrea tornasse ma poi, nell'ottobre dello stesso anno, conobbe Saro.

Era da parecchio tempo che Maria si era accorta che qualcuno la seguiva, dovunque andasse aveva quest'uomo, tenebroso e schivo, alle calcagna, tanto che aveva quasi pensato che fosse un maniaco. Se lei si fermava, si fermava anche lui, e faceva finta di guardare una vetrina, poi riprendeva a seguirla. Quando Maria stava già per rivolgersi alla polizia, un sabato mattina Saro le telefonò. Non le rivelò da chi avesse avuto il suo numero e lei non lo scoprì mai.

All'inizio Maria credette che fosse uno scherzo perché non capiva una parola di quanto quell'uomo le diceva, ma poi capì che era lui, il maniaco. Si mise a urlare che aveva il telefono sotto controllo e che la polizia lo avrebbe intercettato. Saro, senza scomporsi, le passò un suo amico, uno che disse di avere un chiosco di panini a Caricamento. L'amico le spiegò che Saro non era un maniaco, ma un uomo innamorato e timido e dolce e buono e romantico come non se ne trovavano più e la pregò di dargli almeno una sola possibilità, che non se ne sarebbe pentita.

Maria, dopo non poche ma sempre garbate insistenze dell'amico di Saro, si lasciò convincere, soprattutto per curiosità, e accettò un incontro. Si diedero appuntamento lo stesso giorno dal Siculo, una nota pasticceria-gelateria genovese. Saro, che l'attendeva nervoso all'interno del locale, per essere sicuro di colpirla, si era fatto confezionare un bel vassoio di cannoli siciliani. La prima cosa che fece quando vide Maria entrare fu quella di alzarsi, di *darle la mano* e dire semplicemente, inchinandosi un po': «Onorato, Saro Murgia», e poi aggiunse, porgendole il vassoio: «*Chisti signurina* sono *pe' vossia*». Maria fu piacevolmente sorpresa, vuoi dal regalo così originale, vuoi, se vogliamo, dall'anomalo ma educato approccio, vuoi dalla forza e a tempo stesso dalla dolcezza con cui Saro le stringeva la mano tanto che anche lei mise nella stretta più vigore del solito. Presero una granita alle mandorle e fu subito amore... insomma, quasi.

I primi tempi Maria era un po' recalcitrante, Saro era un uomo inquietante, di poche parole e col maledetto vizio di sputare per terra, ma poi un giorno, senza nemmeno un motivo preciso, la prese a sberle; lì per lì lei non lo volle più vedere, ma non faceva altro che pensare a lui, insomma, se n'era innamorata. Perdutamente.

Si sposarono sei mesi dopo. Fu una cerimonia semplice ma dignitosa, rovinata purtroppo da un fatto indecoroso, che finì anche sui giornali. Successe che la testimone di nozze di Maria, Consuelo, fu sorpresa dal marito, Gavino, nei gabinetti del ristorante in equivocabile atteggiamento lascivo con il testimone di nozze di Saro, un certo Vincenzo Guastella, che tutti, anche il giornalista che scrisse il pezzo, chiamavano Ditasudicie. Ci fu una colluttazione e chi ebbe la peggio fu Gavino che finì all'ospedale in gravissime condizioni mentre Vincenzo Ditasudicie Guastella finì sotto processo e gli diedero sei mesi con la condizionale nonostante avesse un piccolo precedente, e poi altri sei mesi, ma questa volta senza condizionale perché, dopo aver letto l'articolo dove l'incauto giornalista lo soprannominava «Ditasudicie», lo aspettò sotto casa e non prima di avergli chiesto garbatamente se per caso non fosse stato mancino, quando quello ingenuamente gli rispose di no gli fratturò in più parti la mano destra. Il Guastella si rese poi protagonista di un altro fatto di cronaca. Il giorno stesso in cui uscì di galera sorprese la sua fidanzata, una badante ecuadoregna, a letto con uno dei suoi numerosi amanti, pare lo stesso anziano a cui badava, al quale non aveva saputo dire di no. Ci fu una colluttazione e chi ebbe la peggio questa volta fu il Guastella perché l'anziano, un ex guardiano notturno abbastanza autosufficiente ma con gravi problemi di memoria, in quel caso si ricordò di avere una pistola e sparò al Guastella che finì in ospedale in gravissime condizioni e ne uscì sei mesi più tardi perfettamente guarito ma con una vistosa cicatrice sulla fronte e un incisivo di meno.

Tornando al matrimonio di Saro, fu proprio Maria, che insieme a Gavino, scoprì Consuelo adoperarsi per soddisfare le voglie del Guastella. Pare che i due si fossero dati appuntamento in bagno per un definitivo chiarimento visto che Gavino non voleva rassegnarsi a perderla e dai tempi di Andrea la scongiurava di fare l'amore con lui almeno un'ultima volta. Naturalmente Maria non avrebbe mai tradito Saro, ma terrorizzata, e va detto, anche lusingata, dalla folle gelosia di Saro (a onor del vero Maria, dopo i primi tempi e le prime legnate, capì come si doveva comportare e Saro non fu più geloso), era disposta a tutto pur di convincere Gavino a smettere di tormentarla, perfino a sfiorargli la patta dei pantaloni. Fortunatamente Saro, che in quel momento stava cantando col massimo trasporto «*Vitti 'na crozza*», non si accorse di nulla, anche se poi la sera dicendole: «*Quannu* vai *au bagnu* avvisare mi devi», picchiò Maria nonostante fosse al sesto mese di gravidanza. A questo punto, però, onde evitare che Saro passi ingiustamente per un uomo violento è bene che si sappia che dopo due anni di vita coniugale smise di picchiarla, l'ultima volta fu perché Maria, servendogli il caffè, si dimenticò di girarlo, poi non fu più necessario e furono solo carezze, rare, ma dolcissime e protettive.

Quel che accadde il giorno del suo matrimonio, comunque, provocò in Saro immenso dolore, non tanto per il fatto in sé (anzi fu lo stesso Saro a suggerire all'amico di proporre a Consuelo lo squallido incontro nel bagno, visto che quando Gavino gliel'aveva presentata lui aveva capito, non si sa come, che la moglie era una donna infedele e dai facili costumi) ma perché vide Maria molto turbata, e per nulla al mondo voleva che quell'angelo di purezza assistesse a indecenze del genere.

Saro, infatti, era convinto che Maria fosse vergine, e lei, per non deluderlo, fece in modo che lui lo credesse: la prima volta che fecero l'amore accusò improbabili dolori e contrasse i muscoli inguinali. Oltretutto quello stesso pomeriggio

Maria si era tagliata un dito affettando alcuni rapanelli con i quali si curava da quando Andrea li aveva usati per farle passare (quasi) definitivamente il mal di schiena. Il caso volle che, durante il turbinoso amplesso, la ferita si riaprì sanguinando un po'. Tanto bastò, ovviamente, per dare a Saro le conferme che cercava, anche se Maria non capì mai perché Saro fosse così certo della sua illibatezza.

A causa del feroce e animalesco istinto sessuale di Saro, che non voleva assolutamente usare precauzioni e neppure che le usasse Maria, un anno dopo Immacolata nacquero le gemelline Addolorata e Crocefissa, poi la piccola Assunta, e per ultimo, finalmente, dopo tre anni di infruttuosi tentativi, nacque il maschio: Aaron. E Saro per la gioia sputò per terra tante di quelle volte che rimase senza saliva per giorni interi.

Con i figli e tutto il resto Maria dovette abbandonare la spiritualità, anche perché Saro non era un uomo molto spirituale, il solo intenso momento di spiritualità che le concedeva era la messa di mezzanotte a Natale.

L'unica isola felice nella quale Maria poteva ancora coltivare il suo antico spirito mistico era il negozio di Sandra, dove però andava di rado e solo dopo aver chiesto il permesso al marito che non vedeva di buon occhio quel tipo di negozi perché li considerava posti ambigui e frequentati da gente malata. Oltretutto, Maria non era più vegetariana perché Saro non voleva.

L'ultima volta che Maria andò in quel negozio, non fece neppure in tempo a posare la borsa della spesa che Sandra le disse:

«Maria, eccoti finalmente! Cercavo proprio te, ti ho anche telefonato, ma ha risposto tuo marito e quando ha sentito che era per te ha buttato giù il telefono».

«Oh mi dispiace, ma sai, Saro non vuole che parli al telefono, dice che perdo tempo».

«Figurati, ormai lo conosco, non ti preoccupare. Ascolta piuttosto, c'è un'occasione irripetibile. Tu che hai fatto il corso di Reiki di primo livello, potresti iscriverti a un corso di secondo livello che fanno tra qualche giorno proprio qui, nel nostro quartiere».

«Magari», rispose Maria sospirando, «ma come si fa, i soldi, e poi chi glielo dice a Saro...».

«Ma guarda Maria», la interruppe Sandra, «che questo corso lo fa uno dei più grandi maestri Reiki al mondo, è un'occasione da non perdere. Pensa che è in Italia per la prima volta per un giro di conferenze privatissime, ma pare che abbia insistito per far organizzare un corso di secondo livello proprio qui, a Molassana, chissà perché. Comunque il corso non lo fa proprio lui, figurati, lo fa un suo allievo, ma pare che il "soffio" lo venga a dare lui in persona. Io non so se sia vero, ma c'è chi dice che sia addirittura la reincarnazione di Mikau Usui Sensei, il monaco cristiano giapponese che ha fondato il Reiki e lo ha diffuso in tutto il mondo. Il maestro vive tra l'America e il Giappone ed è veramente un grande guru, uno dei pochi che non bluffa, questo è uno che la gente la guarisce davvero, che legge in fondo all'anima, dicono. Non è solo un maestro Reiki, è un vero santone, un mistico, un buddha insomma. Ha adepti dovunque, è anche la guida spirituale di gente famosa, pare che Nicole Kidman non faccia un passo senza prima consigliarsi con lui, pensa che una mia cliente ha aspettato sei mesi solo per poterlo incontrare».

«E perché lo voleva incontrare?».

«Ma, non so, credo che avesse dei problemi di testa, era depressa, ma depressa grave eh!, e poi alzava anche un po' il gomito, ma di questo non sono sicura, sai, non sono cose che si chiedono, comunque sono due anni e dovresti vedere come sta bene, è rifiorita, è dovuta andare fino in California, ma ne è valsa la pena».

«In California? Ma allora non è giapponese, cos'è, americano?», chiese allora Maria.

«Ma guarda Maria, è tutto avvolto nel mistero, di lui si sa pochissimo, e foto non ne girano, ne ho vista solo una, su un giornale, ma è di un bel po' d'anni fa e non è tanto chiara, c'è lui col turbante insieme a una vecchia che ha una testa di capelli così, e probabilmente sono alle Maldive, o in un posto del genere, solo che hanno tutt'e due gli occhiali da sole e quindi tra gli occhiali e il fatto che lui è mezzo coperto dal testone della vecchia non si riesce bene a capire di che razza è, comunque dal nome sembrerebbe giapponese, ma sai, il nome non vuol dire perché spesso questi santoni si fanno chiamare con un nome altamente simbolico, un po' come i capi indiani... infatti il suo nome tradotto è "Nuvole bianche dopo la tempesta", almeno così ho letto da qualche parte... ma lo sai cosa mi ha detto la mia cliente che l'ha conosciuto?».

«No, cosa ti ha detto?».

«Intanto mi ha detto che è un uomo terribilmente affascinante, e poi che un po' i tratti dell'orientale ce l'ha, ma... lo sai cosa mi ha detto?».

«Cosa? Dai non farmi stare sulle spine», le chiese ancora Maria divorata dalla curiosità.

«Mi ha detto che secondo lei è un italiano!».

«Italianoo? Ma figurati! Dai su non ci credo».

«Ma aspetta non ho finito, qui viene il bello, mi ha detto che con lei parlava inglese ma che dall'accento...».

«Dall'accento?».

«Eh, tieniti forte perché c'è da non crederci, mi ha detto che dall'accento le sembrava genovese!».

Nello stesso momento una limousine nera, con le tendine ai vetri, accostò davanti al negozio. La guidava un autista in livrea, un giapponese. Nella penombra, seduto sui sedili posteriori, c'era un uomo, sulla cinquantina, vestito con una semplice tunica bianca di finissimo cotone. Un uomo misterioso come l'incognita di un'equazione algebrica, con i capelli completamente rasati, gli occhi scuri mobili e magnetici che davano al suo viso, dai tratti vagamente orientali, un'aria magica. Non si fermò per molto, quella limousine, davanti a quel negozio, solo pochi secondi. Sandra e Maria neppure se ne accorsero. L'uomo spostò appena la tendina e una lama di luce filtrò nella quieta oscurità dell'abitacolo. Non ne fu infastidito, anzi lasciò che il tiepido calore del sole gli scaldasse per un attimo il viso. Guardò fuori, attraverso la vetrina del negozio, e scorse le due donne che parlavano fitto tra loro. Sulle sue labbra comparve il segno d'un sorriso, appena accennato, quasi impercettibile. Poi si fece di nuovo serio, sospirò, ritornò impassibile, e i suoi enigmatici occhi neri assunsero il loro naturale sguardo profondo.

Uno sguardo abituato a spaziare oltre tutti gli orizzonti del mondo, oltre quelli della coscienza umana, perfino oltre quelli dello stesso orizzonte degli eventi, dove i panorami si fanno irreali e inesprimibili col mondo della fisica, dove il tempo e lo spazio diventano facoltativi, dove l'infinito e il minimo, l'eternità e l'attimo, coincidono.

Uno sguardo abituato a posarsi, forse, magari solo per una fuggevole ma sospesa visione estatica, direttamente sulla sostanza di Atman, lo spirito sottile, da cui è emanata Maya, il miraggio del mondo fenomenico. Ed era oltre Maya che quell'uomo vedeva.

E se la dottrina della trasmigrazione, che gli indù chiamano «samsara», è davvero il destino dall'anima, allora quello era lo sguardo di un uomo giunto alla fine del suo percorso, giunto alla consapevolezza inattaccabile dell'illusorietà dell'io. Era lo sguardo di un Bodhisattva illuminato, pronto, se solo lo avesse voluto, a liberarsi dal peso della reincarnazione per annullarsi definitivamente nella pace del Nirvana.

Ma quell'uomo in cuor suo già sapeva che la sua missione nel mondo era un'altra, era quella di scegliere la fatica di vivere, e rinascere ancora, ancora maestro di vita e Bodhisattva illuminato, intermediario tra gli uomini e la divinità, l'unico essere vivente in grado di ricordare ogni cosa delle sue precedenti reincarnazioni e ultimo gradino possibile della scala evolutiva dell'anima.

Accese l'interfono e disse all'autista, attento a ogni suo gesto dallo specchietto retrovisore, di ripartire. Aveva un timbro di voce gradevole, caldo e naturalmente impostato.

L'autista annuì, gli chiese in giapponese: «Vuole la sua musica maestro?», e l'uomo, dopo qualche istante, fece cenno di sì con la testa. Dai sei altoparlanti disseminati sulla magnifica limousine uscirono le note di antiche melodie *gagaku*; era una sinfonia sofisticata, suadente, esclusivamente strumentale, dove il suono ipnotico dei *taiko*[5] era addolcito quello del *biwa*[6], del *koto*[7] e dell'*hichiriki*[8]. Ma quello che rendeva quella musica speciale, quello che evocava immagini di monaci giapponesi solitari immersi in remote foreste dalle tinte oscure, era il magico suono del *shakuhaki*[9], di cui egli stesso era il sublime interprete.

La macchina si mosse, lenta, e si avviò verso l'autostrada, direzione levante, Portofino, per la precisione, dove erano già state prenotate da tempo due suite all'Hotel Splendido.

5. Tamburo.
6. Liuto.
7. Cetra.
8. Oboe.
9. Strumento a fiato molto simile a un flauto

Il traffico caotico della periferia la inghiottì come un giaguaro nella notte.

Solo un ultimo particolare: sedute a fianco dell'uomo c'erano le sue due segretarie, una giapponese e una californiana. Entrambe, lo si capiva benissimo, fremevano, sensuali, d'amore mistico e carnale per quell'uomo così distante eppure così vicino. La giapponese era snella, ombrosa, con i seni piccoli e gli occhi scuri. Una creatura lunare. L'americana invece era statuaria, luminosa, con i seni floridi e gli occhi chiari. Una creatura solare. La fusione delle loro anime e dei loro corpi definiva l'essenza della bellezza e del mistero. Definiva l'archetipo stesso della donna perfetta, così come sarebbe inimmaginabile altrimenti. Indossavano vestiti raffinati, in tono con la loro natura, che esaltavano quei fisici scolpiti, i fianchi stretti, le curve sinuose. Una camicetta nera di seta e un sarong di batik legato in vita la giapponese; un abito rosso di latex firmato da Sonya Rykiel, corto, aderente come una seconda pelle, l'americana. Ai piedi calzavano, l'una delle scarpette morbide di raso e l'altra degli stivaletti di Manolo Blahnik dai vertiginosi tacchi a spillo. Avevano gambe affusolate e nervose, che davano ai loro corpi armoniosi un definitivo tocco di femminilità, gambe sulle quali l'uomo posò dolcemente la mano.

E mentre con un gesto delicato ma al tempo stesso virile l'uomo accarezzava quella pelle di vellutata, e già le due donne si scioglievano in un orgasmo – perché bastava un solo tocco della sua mano per procurare loro infinito piacere – e lui si preparava mentalmente all'incontro, faticoso, già prenotato da mesi, con un ristretto numero di adepte attentamente selezionate, che lo aspettavano, trepide, nella hall dell'albergo, un fugace pensiero lo fece trasalire. Fu un lampo, poi ritornò all'impegno della meditazione. Ma in quell'attimo pensò alle parole che tanti anni fa gli rivolse il suo primo maestro: «*Quest'uomo ancora non lo sa, ma ha il privilegio di essere un guru, dipenderà solo da lui, adesso, riuscire a percorrere fino in fondo la strada verso l'illuminazione per capire il senso di questo privilegio*».

Quell'uomo ora sapeva; ora che aveva percorso fino in fondo la strada verso l'illuminazione conosceva il senso profondo dell'arcano mistero: quale fosse, cioè, il privilegio di essere un guru.

4,75 £

Finito di stampare
dalla tipografia Arti Grafiche La Moderna
Via di Tor Cervara 171, Roma
per conto di
Fazi Editore

Ristampa	Anno
18 17 16 15 14 13 12 11 10	2013 2014 2015